CHERCHONS PAPA

VAUDEVILLE EN TROIS ACTES

PAR MM.

VICTOR BERNARD & MAURICE ORDONNEAU

PARIS

TRESSE, ÉDITEUR

8, 9, 10, 11, GALERIE DU THÉATRE-FRANÇAIS

PALAIS-ROYAL

1885

CHERCHONS PAPA

VAUDEVILLE EN TROIS ACTES

Représenté pour la première fois, à Paris, sur le théâtre du PALAIS-ROYAL,
le 24 avril 1885.

Imprimerie Générale de Châtillon-sur-Seine. — A. Pichat.

CHERCHONS PAPA

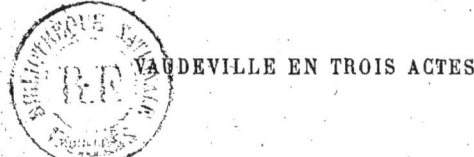

VAUDEVILLE EN TROIS ACTES

PAR MM.

VICTOR BERNARD ET MAURICE ORDONNEAU

PARIS

TRESSE, ÉDITEUR

8, 9, 10, 11, GALERIE DU THÉATRE-FRANÇAIS,

PALAIS-ROYAL

—

1885

PERSONNAGES

RIFOLET.	MM.	DAILLY.
EUSÈBE, dit BALIVEAU		RAIMOND.
JURANÇON		MILHER.
CHAMEROL		PELLERIN.
BRIQUET, garçon de bureau		HURTRAUX.
HECTOR, fils de Chamerol.		MAUDRU.
MARTIN		HYACINTHE.
GÉDÉON		GARON.
PIERRE		PAULET.
UN NOTAIRE		BENOIT.

Mme PAPILLON	Mmes	MATHILDE.
ÉLÉONORE		ALICE LAVIGNE.
HENRIETTE, fille de Jurançon		BERRH.
Mme DE SAINT-FLORENTIN.		EMMA BONNET.
ROSALIE.		ELVEN.
JOSÉPHINE		SIMON.
GENEVIÈVE		HORTENSE.

A Paris en 1885.

S'adresser pour la mise en scène détaillée à M. RENÉ
LUGUET, régisseur général du théâtre du Palais-Royal.

CHERCHONS PAPA

ACTE PREMIER

Une salle de l'agence ; — à gauche, premier plan, une table, et une chaise devant, — puis une porte, avec cette inscription : Cabinet du directeur, — puis une autre porte, sur laquelle on lit : Caisse. — Porte au fond ; — à droite, un bureau, formant une petite pièce. — La partie faisant face au public est fermée par une cloison à mi-corps, et munie d'une porte ; — le public peut voir ce qui se passe dans le bureau. — L'autre côté du bureau, perpendiculaire à la rampe, est fermé par un grillage, dans lequel est un guichet. — Le grillage, est muni d'un rideau mobile ; — un peu plus haut que le guichet est une porte. — Dans l'intérieur on voit un bureau adossé au guichet, et devant une chaise ; — à droite, dans cette petite pièce, une porte. — En scène, dans l'autre partie du théâtre, une petite table devant le guichet, et une chaise ; — au fond, à gauche, un tableau sur lequel on lit : Agence pour la recherche de la paternité — tarifs : Paris — cinquante francs. — Province : soixante francs. — Etranger : cent francs — Recherches particulières — On traite à forfait.

SCÈNE PREMIÈRE

GÉDÉON, BRIQUET, puis MARTIN.

Gédéon est à son bureau à droite. — Briquet lit le *Petit Journal*, à gauche assis. — Il est en costume de garçon de bureau, uniforme de fantaisie.

GÉDÉON, à lui-même.

Cristi! que j'ai faim!... (A Briquet.) Allons, Briquet, faites entrer le cent soixante un...

1

BRIQUET, laissant le journal.

Voilà, mon lieutenant!

Il va vers le fond.

GÉDÉON.

Ce satané Briquet, il se croit toujours au régiment.

BRIQUET, se retournant.

Dame! Il n'y a que quinze jours que je suis libéré! (Allant à la porte du fond et appelant.) Le numéro cent soixante un.

MARTIN, entrant.

C'est moi le cent soixante un... C'est moi!

BRIQUET.

Qu'est-ce que vous demandez?

MARTIN.

Un renseignement!...

GÉDÉON.

Par ici... Guichet, numéro douze.

MARTIN, s'approchant du guichet.

Excusez! monsieur. D'abord, c'est-y vrai que quand on a eu un enfant d'une façon... irrégulière on est forcé de le reconnaître?

GÉDÉON, sortant de son bureau.

Mais sans doute!.. Depuis qu'on a voté la loi sur la recherche de la paternité, on doit le reconnaître, le nourrir et le loger ou lui faire une pension alimentaire : voilà la chose!

MARTIN.

J'avais bien vu ça dans le *Petit Journal*, mais je croyais que c'était une farce! Dame! vous savez, les journaux!...

GÉDÉON.

Comment, des farces?... une loi pareille!...

MARTIN.

Et c'est vous qui vous chargez de retrouver le papa..
égaré?..

GÉDÉON.

Mais oui... Agence pour la recherche de la paternité... Lisez nos prospectus... (Il lui en donne un.) Enfin
que voulez-vous?... Vous venez pour retrouver un
père !...

Il revient à son bureau et s'assied.

MARTIN.

Oh ! non ! J'en ai eu trois, ma pauvre mère s'étant
mariée trois fois !...

GÉDÉON.

Alors, que voulez-vous ?...

MARTIN.

Je veux que vous ne m'envoyiez pas tous les jours,
un ou plusieurs enfants.. Hier, c'était deux jumeaux.

GÉDÉON, riant.

Dame !.. Monsieur !.. ce n'est pas ma faute !. Il y a
eu peut-être erreur de nom !...

MARTIN.

Je m'appelle Martin !.. concierge, rue des Marmousets.. numéro six.

GÉDÉON.

Justement ! Il y a tant de Martin !...

MARTIN.

Possible !... Mais vous troublez mon ménage !... ma
femme veut divorcer !...

GÉDÉON.

Désolé !..

MARTIN.

D'ailleurs, mon passé a été chaste, monsieur !... Ne
la recommencez pas !.. celle-là !

GÉDÉON.

C'est bon !... Oh ! c'est bon !...

MARTIN, en sortant par la gauche, deuxième plan.

A-t-on jamais vu ces agences !...

SCÈNE II

BRIQUET, GÉDÉON, MADAME DE SAINT-FLORENTIN.

BRIQUET, riant.

Il est bon avec sa chasteté !

GÉDÉON.

Satané Briquet !.. C'est pas comme vous, hein ? Vous avez dû en faire des conquêtes au régiment ?

BRIQUET.

Dame !.. oui !.. J'avais la spécialité des cuisinières.

GÉDÉON.

C'est nourrissant !...

BRIQUET,

Il y en avait deux surtout : Rosalie et Joséphine, qui me poursuivaient toujours... mais je les ai lâchées...

GÉDÉON.

Oh ! pourquoi donc ?

BRIQUET.

Parce qu'il y en avait une troisième que j'aimais... Geneviève !

GÉDÉON.

Il fallait l'épouser.

BRIQUET.

Je ne demande que ça... mais j'ignore ce qu'elle est devenue..

GÉDÉON.

Scélérat!.. Allons! Appelez le cent soixante-deux.

BRIQUET, appelant à la porte du fond.

Le numéro cent soixante-deux...

MADAME DE SAINT-FLORENTIN, entrant vivement.

Le cent soixante-deux! voilà! pristi! quelle pose!...

BRIQUET.

Au guichet à droite!.

MADAME DE SAINT-FLORELTIN.

Oui, je sais!... je suis déjà venue! (A Gédéon.) Eh bien, avez-vous trouvé papa?...

GÉDÉON.

Qui êtes-vous?...

MADAME DE SAINT-FLORENTIN.

Madame de Saint-Florentin, premier mannenequin.

GÉDÉON.

Hein?...

MADAME DE SAINT-FLORENTIN.

Premier mannequin chez la grande faiseuse.

GÉDÉON.

Donnez votre bulletin!

MADAME DE SAINT-FLORENTIN, le donnant.

Voilà!... vous m'aviez dit de revenir dans huit jours. Avez-vous trouvé?

GÉDÉON, feuilletant un registre.

Numéro deux mille deux cent treize?... Non!.

MADAME DE SAINT-FLORENTIN.

Oh !...

GÉDÉON.

Si... si... nous avons trouvé.

MADAME DE SAINT-FLORENTIN.

Ah! quel bonheur!.. j'espère que c'est un monsieur huppé... Et c'est ?...

GÉDÉON.

M. Galimard... sénateur, décoré.

MADAME DE SAINT-FLORENTIN.

Un père décoré!... Quelle veine!.. Son adresse?...

GÉDÉON.

Non! je me trompe! C'est le deux mille deux cent douze qui est sénateur et décoré! Le deux mille deux cent treize, c'est M. Martin. (A part.) Cette fois, c'est bien lui, le bonhomme de tout à l'heure.

MADAME DE SAINT-FLORENTIN.

Martin?

GÉDÉON.

Concierge.

MADAME DE SAINT-FLORENTIN.

Un portier!.. Ce n'est pas possible !

GÉDÉON, lui donnant un bulletin.

Rue des Marmousets, six... voilà !... Passez à la caisse.

BRIQUET.

La première porte à droite!..

Il désigne la porte de gauche, deuxième plan.

MADAME DE SAINT-FLORENTIN, à elle-même.

Un concierge! Enfin!. C'est toujours ça !.. Allons me jeter dans les bras de papa..

Elle sort par la gauche.

SCÈNE III

GÉDÉON, BRIQUET, ROSALIE, JOSÉPHINE.

GÉDÉON.

Vite, au cent soixante-trois... Après ça, je vais déjeuner !

BRIQUET, appelant.

Le cent soixante-trois...

ROSALIE, hors de vue.

C'est nous, le cent soixante-trois... Viens donc !

BRIQUET, à part.

Cette voix ! Oh ! Rosalie !...

JOSÉPHINE, hors de vue.

Voilà !... voilà !...

BRIQUET, à part.

Et Joséphine ! C'est complet !.

Il entre à droite dans le bureau de Gédéon, et disparaît par la porte
latérale en disant à Gédéon : Je reviens, je reviens.

ROSALIE, entrant.

Oùs qu'il faut s'adresser ?..

GÉDÉON.

Par ici... Dépêchons-nous.

ROSALIE, debout devant le guichet, pendant que Joséphine s'assied à
gauche.

C'est mon maître qui m'a dit, comme ça, de venir à
l'agence...

GÉDÉON.

Vous êtes domestique ?...

ROSALIE.

Cuisinière... Rosalie Pichenet... Je fais aussi la pâtisserie...

GÉDÉON.

C'est bon !.. Arrivons au fait !..

ROSALIE.

Pour lors... faut vous dire que j'ai un bébé !

GÉDÉON.

Un enfant... bien !...

ROSALIE.

C'est ce chenapan de Joseph qui m'a enjôlée...

GÉDÉON.

Joseph !... Joseph, qui ?...

ROSALIE.

Je ne sais pas l'autre nom !... Je sais seulement qu'il était au cent dix-septième de ligne, il y a six mois... Mais le régiment a changé de garnison.

GEDÉON.

Une recherche en province... C"est dix francs de plus.

ROSALIE.

Ça m'est égal ! Pourvu que je le repince... le gredin !

GÉDÉON.

Enfin... quelles preuves pouvez-vous fournir?..

ROSALIE.

Des preuves?... Ça...

Elle tire de sa poche un pompon de militaire.

GÉDÉON, le prenant.

Un pompon !... Que ça ?... Vous reviendrez dans un mois...

ROSALIE.

Bien, monsieur !.. (A elle-même.) Ah ! gredin ! si je te retrouve !

GÉDÉON, à Joséphine qui s'est levée et qui allait sortir avec Rosalie.

Et vous ?... Vous n'avez pas de bébé ?...

JOSÉPHINE *.

Si, monsieur !

GÉDÉON.

Et vous ne désirez pas retrouver votre séducteur ?

JOSÉPHINE.

Pas besoin !... Trouvez d'abord celui de Rosalie.

GÉDÉON.

Ah ! c'est un ami ?...

JOSÉPHINE.

C'est le même !...

GÉDÉON.

Comment ?...

ROSALIE.

Oui, monsieur, c'est le même !... Mais c'est moi qui l'épouserai, je suis la première en date.

JOSÉPHINE.

C'est ce que nous verrons.

Elles remontent pour sortir.

GÉDÉON.

Ils vont bien dans l'armée !... Passez à la caisse.

ROSALIE et JOSÉPHINE.

Où ça, la caisse ?...

GÉDÉON.

Là... en face de vous !...

Elles sortent par la gauche.

* Rosalie, Joséphine, Gédéon.

1.

BRIQUET, qui a épié leur sortie, venant de droite à lui-même.

J'ai tout entendu! Deux enfants! je serais bipère!...
Pas possible! C'est égal, je ne moisirai pas ici... Elles
n'auraient qu'à me pincer!...

GÉDÉON, sortant de son bureau.

Qu'avez-vous donc, Briquet?

BRIQUET.

Rien, monsieur Gédéon! Quel numéro faut-il appeler?

SCÈNE IV

GÉDÉON, BRIQUET, puis RIFOLET.

GÉDÉON, à Briquet qui se dirige vers la porte du fond.

Un instant... N'appelez pas le 164...

BRIQUET.

Mais il y a beaucoup de monde...

GÉDÉON.

Dites de revenir à deux heures. Je veux aller déjeuner... je vais prévenir M. le directeur.

BRIQUET, voyant Rifolet qui entre.

Le voici!...

Il sort par le fond.

RIFOLET, entrant par la gauche premier plan; il a des papiers à la
main. Au public.

La journée est bonne!... Mes commis-voyageurs
m'ont déniché trente-sept pères dont six douteux. Ils
ont du flair, mes élèves!... L'école de l'induction:
Arriver à la montagne en partant du grain de sable;
c'est la devise de l'agence *.

* Rifolet, Gédéon.

GÉDÉON, à part.

Il a l'air bien disposé... Je vais lui demander d'aller
déjeuner. (Haut.) Monsieur le directeur?...

RIFOLET.

Ah! c'est toi, Gédéon.., mon lieutenant, mon premier secrétaire...

GÉDÉON.

J'ai terminé mon travail, et je désirerais...

RIFOLET, lui donnant les papiers qu'il tient.

De la besogne? En voici, Gédéon... Tu es un pio-
cheur... je le sais... Tu auras une forte gratification...
cinquante centimes par père,.. retrouvé; vingt-cinq
centimes par séducteur.

GÉDÉON.

Ah! monsieur le directeur, que de bontés!...

RIFOLET.

Oui, je suis bon, parce que je suis veinard... Et je
suis veinard, parce que j'ai des idées .. Oh! les idées...
c'est la fortune!... Toujours l'œil ouvert, l'oreille au
guet, l'esprit à l'affût! Mon cerveau, Gédéon, est un
alambic qui analyse les événements... Tiens! on vient
de voter la loi sur la recherche de la paternité... Tu
as lu ça, dans ton journal?...

GÉDÉON.

Oui, monsieur.

RIFOLET.

Et tu as souri comme un abonné vulgaire?...

GÉDÉON.

Dame! monsieur!...

RIFOLET.

Moi! je me suis écrié : il y a une affaire là! La recherche demande des formalités... le public est maladroit... le public est paresseux... Alors : présent le

courtier actif, le guide du fils sans papa... et de la demoiselle en quête de son séducteur... Beaucoup d'égards... discrétion, célérité... et passez à la caisse.

GÉDÉON.

Il est étonnant!

RIFOLET, au public.

Et je fondai l'agence pour la recherche de la paternité; société anonyme; capital: deux millions; directeur: moi... Antoine Rifolet... prospectus en chromolithographie, avec cette devise: « On est toujours le fils de quelqu'un. »

GÉDÉON, à part.

Il m'a encore creusé avec son boniment!...

CHAMEROL, hors de vue, à Jurançon.

Entre donc...

GÉDÉON, à part.

Allons bon!... Encore coupé!

Il revient à son bureau.

SCÈNE V

RIFOLET, CHAMEROL, JURANÇON.

RIFOLET.

Ah! mes deux plus forts commanditaires...

JURANÇON, à la porte de gauche, premier plan.

Après toi... tu es l'aîné, c'est plus correct.

CHAMEROL, entrant.

Correct! correct!... Tu me fais rire avec ta correction. (A Rifolet.) Eh bien! comment ça va-t-il?...

RIFOLET, lui serrant la main.

Bien!... merci!...

JURANÇON, qui est entré après Chamerol.

Il ne s'agit pas de vous, mais de l'agence *...

RIFOLET.

L'agence fonctionne à toute vapeur! La fille séduite donne beaucoup... et le papa anonyme est très demandé.

CHAMEROL.

Quelle belle loi!... La sauvegarde de la vertu!

JURANÇON.

Et le frein de la séduction... anonyme... On a un fils, on le reconnaît, c'est correct; je ne sors pas de là.

RIFOLET, à part.

Est-ce qu'ils vont me réciter la brochure d'Alexandre Dumas.

JURANÇON, prenant à part Rifolet, pendant que Chamerol est allé causer à voix basse avec Gédéon.

Dites donc, Rifolet?... Vous n'auriez pas cinquante actions à me céder?

RIFOLET, bas.

Cinquante?... Gourmand!...

JURANÇON, bas.

C'est pour ma fille que je marie!...

RIFOLET, bas.

Soit : mais c'est bien pour vous, n'en parlez pas!

Jurançon remonte. Gédéon sort par la porte de droite, de la petite pièce.

CHAMEROL, prenant Rifolet à part.

Mon cher Rifolet, vous ne pourriez pas me céder

* Jurançon, Rifolet, Chamerol.

cinquante actions?... C'est pour mon fils que je marie...

RIFOLET, haut.

Comment?... Deux mariages?...

CHAMEROL.

Il n'y en a qu'un, mon fils, Hector Chamerol épouse mademoiselle Henriette Jurançon...

RIFOLET.

Ce sera un couple charmant!

CHAMEROL.

Nous sommes veufs, tous les deux.

JURANÇON.

Pas de belle-mère des deux côtés.

RIFOLET.

Sapristi!... C'est une veine ça!...

JURANÇON.

Rifolet!... Soyez correct!...

RIFOLET.

Oui... je voulais dire... Et c'est sans doute un mariage d'amour?... Ce sont les meilleurs!...

JURANÇON.

Ma fille avait bien en tête je ne sais quelle turlutaine... un inconnu qui lui envoyait des vers bancals.

CHAMEROL, à Jurançon.

Tu ne m'avais pas dit?... Dis donc, c'est ça qui n'est pas correct.

JURANÇON.

Qu'est-ce que ça te fait?... Puisqu'elle épouse ton fils!...

RIFOLET.

Alors... c'est un mariage de convenances... Ce sont aussi les meilleurs.

JURANÇON.

Parfaitement! Et il se plaint! Tu trouveras beaucoup
de beaux-pères comme moi : un de nos anciens di-
plomates... les plus distingués... j'ose le dire.

CHAMEROL.

Oh! oui! Parlons-en du diplomate! Tu ne l'as pas
été seulement quinze jours!...

JURANÇON.

Eh bien! mais... quinze jours au pouvoir!... Du reste,
est-ce ma faute?... (A Rifolet.) Figurez-vous, mon cher
Rifolet...

RIFOLET.

Pardon... je suis un peu pressé... et...

JURANÇON, passant au numéro 2.

J'avais invité à dîner tous les ambassadeurs des petites puissances... Après le premier service, le Guate-
mala pâlit et disparaît .. Après le second, Haïti et les
îles Sandwich se retirent en désordre... Après le troisième, le Honduras, la Plata et cœtera battent en retraite avec précipitation, et je me trouve seul en face
de mes domestiques...

CHAMEROL.

Qu'était-il arrivé?

RIFOLET.

Un dissentiment politique?...

JURANÇON.

Non! une vengeance de mon cuisinier! Il avait in-
disposé tout le nouveau monde contre moi!... Le len-
demain, j'étais révoqué! Voilà comment j'ai quitté la
diplomatie.

CHAMEROL.

. Enfin, diplomate ou non... tu es mon vieux cama-
rade.

JURANÇON, lui serrant la main.

Oh! pour cela! nos relations ne datent pas d'hier...

CHAMEROL.

Nous avons fait notre droit ensemble : 62, 63, 64.
C'était le bon temps.

RIFOLET.

Tiens! mais j'étais élève en pharmacie à cette
époque-là!...

JURANÇON.

Comment?... Vous!... pharmacien!

RIFOLET.

J'ai lâché la pharmacie... pour les affaires; les
grandes affaires... il n'y a que ça : Pané aujour-
d'hui,... millionnaire demain;... décavé dans quinze
jours,.. recalé fin du mois. Voilà comment je comprends le mouvement.

SCÈNE VI

Les Mêmes, MADAME DE SAINT-FLORENTIN.

MADAME DE SAINT-FLORENTIN, au dehors, au fond.

Le directeur!... je veux voir le directeur!...

CHAMEROL.

Une cliente!... Je vous laisse...

JURANÇON.

Laissons fonctionner l'agence... (Bas.) Pensez à mes
cinquante actions. (Haut.) Allons, viens, Chamerol.

CHAMEROL, bas.

Mes cinquante actions, ne les oubliez pas.

RIFOLET.

A tantôt alors... mes chers commanditaires... passez
par mon cabinet... (Il les accompagne. Ils sortent par la gauche.
Au même instant, entre madame de Saint-Florentin par le fond.) Main
tenant, madame... Tout à vos ordres.

MADAME DE SAINT-FLORENTIN *.

Ah! elle en fait de drôles, votre agence!

RIFOLET.

Comment?... de drôles?...

MADAME DE SAINT-FLORENTIN.

Je vous demande un père, et vous m'adressez à
M. Martin, concierge, rue des Marmousets, 6, moi...
une femme distinguée!

RIFOLET.

Dame!... Si la nature commet des contre-sens, l'a-
gence ne peut pas les corriger.

MADAME DE SAINT-FLORENTIN.

Des fadeurs!... Ce n'est pas le moment... Je viens de
chez M. Martin, il était dans sa loge... étalé dans un
grand fauteuil... Sans rien dire, je me jette à son
cou!... Qu'est-ce que c'est que ça, s'écrie-t-il? — C'est
votre fille! — Ma fille? — Oui, c'est l'agence qui m'envoie...

RIFOLET.

Alors, ce fonctionnaire suffoqué par l'émotion, vous
ouvre ses bras?...

MADAME DE SAINT-FLORENTIN.

Votre agence s'est moquée de vous, s'est-il écrié...
je suis un ancien militaire... j'ai passé dix-huit ans en
Afrique... et si j'ai des enfants... c'est des petits Bédouins...

* Rifolet, madame de Saint-Florentin.

RIFOLET.

Comment?... Des Bédouins!...

MADAME DE SAINT-FLORENTIN.

Là-dessus,... il m'a flanquée à la porte.

RIFOLET.

Désolé!... madame... désolé !... On aura confondu.

MADAME DE SAINT-FLORENTIN.

Alors, rendez-moi mes cinquante francs.

RIFOLET.

Impossible!... La caisse ne rend pas... C'est défendu
par les statuts... Mais on vous trouvera un autre père...
le vrai.

MADAME DE SAINT-FLORENTIN.

Et pas d'erreur cette fois ?

RIFOLET.

L'agence ne peut pas se tromper... deux fois... du
moins. Revenez dans huit jours.

MADAME DE SAINT-FLORENTIN.

Et pas d'erreur?...

Elle sort à gauche, deuxième plan.

SCÈNE VII

RIFOLET, puis EUSÈBE.

RIFOLET.

Pas d'erreur!... pas d'erreur!... Elle est bonne, la
demoiselle. Quand on pêche en eau trouble on peut
bien se tromper...(On frappe au fond.) Entrez... (Voyant entrer
Eusèbe, à part.) Qu'est-ce que c'est que ça?...

EUSÈBE, entre par la porte du fond, dont il n'ouvre qu'un battant.

Pardon!... [Excusez... Le directeur de l'agence des papas... égarés?...

RIFOLET *.

C'est moi... Que demandez-vous?... qui êtes-vous?...

EUSÈBE.

Eusèbe, dit Baliveau, cornet à piston, plein d'avenir... en ce moment à l'orchestre du Grand Beuglant au Gros-Caillou.

RIFOLET, à part.

Un artiste de troisième classe... (Haut.) Dépêchons, que voulez-vous?

Il s'assied à gauche.

EUSÈBE, debout.

J'ai lu vos prospectus... et j'ai pensé que vous pourriez peut-être me retrouver papa...!

RIFOLET.

Vous connaissez les tarifs?...

EUSÈBE.

Oui, monsieur... J'ai fait des économies exprès... et au lieu de prendre des billets de loterie...

RIFOLET.

Vous risquez votre mise sur la recherche d'un père... riche?

EUSÈBE.

C'est ça.

RIFOLET.

Et, c'est pour avoir une pension alimentaire?..

EUSÈBE.

Non, monsieur... c'est par amour...

* Rifolet, Eusèbe.

RIFOLET.

Par amour?...

EUSÈBE.

Oh! l'amour!... C'est ce qui nous tue, nous autres artistes... Nous sommes des diamants dans des écrins râpés.

RIFOLET, à part, en le regardant.

En effet... l'écrin n'est pas en cuir de Russie.

EUSÈBE.

J'aime... j'adore... une jeune fille des couches supérieurs... entrevue dans une soirée, où je pistonnais à raison de dix francs.

RIFOLET, ricanant.

Et cette demoiselle du monde vous aime?

EUSÈBE.

Oui... sans me connaître... Je lui écris des pages brûlantes signées : « Ton inconnu ».

RIFOLET.

L'amour à l'aveuglette... Et qu'espérez-vous, enfin?

EUSÈBE.

Suivez-moi bien... Voici mon petit programme...

RIFOLET.

Voyons votre petit programme.

EUSÈBE.

Vous me retrouvez papa... Papa est opulent... Je deviens un fils de famille... élégant...

RIFOLET.

Oui... mais si papa n'est pas opulent?... S'il n'a pas le sou, papa?...

EUSÈBE.

C'est pas possible, monsieur... c'est pas possible.

RIFOLET, se levant.

Vous avez sans doute des données?

EUSÈBE.

Oui, monsieur.

RIFOLET, lui donnant une chaise.

Donnez-vous donc la peine de vous asseoir.

EUSÈBE, assis.

C'est étonnant, comme j'ai les goûts distingués ..
Ainsi, tenez, je déteste les restaurants à un franc cinquante centimes et les mansardes à tabatière...

RIFOLET.

Oh! ben! si vous n'avez pas d'autres motifs.,.

EUSÈBE.

Si, monsieur...

RIFOLET.

Ah!...

EUSÈBE, se levant.

J'ai consulté une somnambule extra-lucide...

RIFOLET, lui enlevant la chaise qu'il place près de la table, devant le
guichet.

C'est bien casuel...

EUSÈBE.

Pas celle-là!... Elle garantit deux ans ses prédic-
tions... Elle m'a dit : « Votre papa loge au premier
étage... la porte à droite ». Est-ce clair ça?...

RIFOLET.

Oui, mais la rue?... le numéro?...

EUSÈBE.

Elle n'a dit que l'étage.

RIFOLET.

Assez de plaisanteries comme ça. — Avez-vous des
papiers?

EUSÈBE.

Mais oui, mon extrait de naissance.

Il le donne.

RIFOLET.

Bon !... Et avec ça?... Vous n'avez pas quelques bibelots de famille?

EUSÈBE.

Des bibelots?... Justement... et des bibelots qui prouvent que je descends de haut...

RIFOLET.

Ah ! ah ! voyons?...

EUSÈBE, *se fouillant et tirant de sa poche un petit sac élégant, dans-lequel sont les objets suivants.*

D'abord, un superbe porte-cigares...

RIFOLET.

Bien !...

EUSÈBE.

Un gant blanc !

RIFOLET.

Jadis blanc...

EUSÈBE.

Et une note de restaurant !...

RIFOLET.

Une addition ?

EUSÈBE.

Trente-sept francs quatre-vingt-quinze;... c'est pas le dîner de tout le monde.

RIFOLET, *prenant le sac, dans lequel il a remis les objets.*

Drôles de papiers de famille !... Et comment avez-vous eu ces objets-là?

EUSÈBE.

C'était dans la bourriche... la bourriche... qui fut mon premier berceau...

RIFOLET.

C'est un feuilleton... ça!...

EUSÈBE.

Est-ce que vous ne pouvez pas, avec ces jalons?... vos prospectus affirment...

RIFOLET.

Si... si... comment donc?... Donnez-moi un grain de sable....

EUSÈBE.

Eh bien!... en voilà trois grains de sable...

RIFOLET.

Ça suffit... On vous trouvera papa... passez à la caisse.

EUSÈBE.

Avec plaisir, monsieur.,. (A part.) A la caisse... c'est ça qui me gêne!... (Haut.) Et ce ne sera qu'un a-compte... Ah! si vous me trouvez le papa de mes rê-ves, je vous donnerai moi, 1000, 2000, 3,000 francs.

RIFOLET.

3,000 francs?...

EUSÈBE.

Après livraison... (A part.) C'est papa qui paiera.

RIFOLET.

Il m'électrise... Revenez dans un mois...

EUSÈBE.

C'est que je suis pressé... je ne regarderai pas aux frais... (A part.) C'est papa qui paiera.

RIFOLET.

Alors, c'est différent!... Dans quinze jours...

BRIQUET, entrant premier plan de gauche.

On demande monsieur... c'est le directeur des enfants trouvés.

RIFOLET.

Mon plus fort client! J'y vais... (A Eusèbe.) Tenez, monsieur, avant de passer à la caisse, mettez-vous là... Ecrivez votre nom et votre adresse, et vous remettrez le papier à mon secrétaire...

Il s'installe à la petite table, devant le guichet.

EUSÈBE, assis.

Bien, monsieur... Dans quinze jours, à midi?...

RIFOLET.

A midi... midi dix... (A part en sortant.) Très curieuse cette affaire-là.

Il sort par la gauche, premier plan.

SCÈNE VIII

EUSÈBE, seul.

Ah! si la somnambule a dit vrai... Si le gros monsieur me trouve un papa calé... je deviens un jeune homme chic, et rien ne s'opposera plus à mon mariage... Ah! il y a bien Éléonore. (Se levant.) Éléonore!... une pianiste enragée... avec laquelle j'ai joué pas mal de duos... cornet et piano... de la musique de chambre... Je l'ai lâchée il y a six mois... Éléonore... J'ai déménagé... Elle m'a poursuivi... mais enfin, elle a perdu ma piste... Ah!... Elle m'aimait bien... Éléonore!... Mais moi, j'adore l'autre... la demoiselle du monde... C'est pas étonnant... J'ai les goûts si distingués...

ÉLÉONORE, hors de vue.

Je veux parler au directeur...

EUSÈBE.

Ah! cette voix!

ÉLÉONORE, paraissant au fond, avec Briquet, sans entrer.

Je veux le voir, vous dis-je...

EUSÈBE.

Mais c'est elle!... Où me cacher?... Ah!... Derrière ce grillage...

Il entre dans le bureau de Gédéon et s'assied.

SCÈNE IX

EUSÈBE, ÉLÉONORE, BRIQUET.

BRIQUET, entrant avec Éléonore.

Mais, madame?...

ÉLÉONORE, type d'artiste-musicienne. Rouleau de musique sous le bras.

Ah çà! il est donc sous cloche, votre directeur?...

BRIQUET.

Il est occupé, madame.

ÉLÉONORE.

Dites-lui que je suis pressée. Voici ma carte : Mademoiselle Éléonore, accompagnateur aux Folies-Ménilmontant... pianiste pour soirées dansantes et autres...

Briquet offre une chaise et sort à gauche, premier plan.

EUSÈBE, à part.

Que vient-elle faire dans cette agence?...

ÉLÉONORE, s'asseyant à gauche et au public.

Je crois mon petit truc bien imaginé... Il faut que

2

j'empêche son mariage !... Il était jeune... il était bê-
bête... il était blond et il jouait du cornet à piston...
à rendre rêveuse! C'est ce qui m'a perdue!... Ah!
c'était un joli duo, Eusèbe et moi! (Changeant de ton, et se
levant.) Ça a duré trois semaines d'ivresse... et tout à
coup... il me lâche, parce qu'il avait des idées de gran-
deur !... Il aime une demoiselle de la haute. Alors,
pour le retrouver, je me suis mise pianiste pour soirées... cinq francs l'heure!... Et je cours les salons
depuis trois mois... mais pas plus d'Eusèbe que sur
la main !... Oh! mais, je te repincerai, mon bonhomme !... Elle a des trucs, Éléonore... quand y en
a plus, y en a encore...

BRIQUET, revenant par la gauche.

Madame, M. le directeur est sorti...

ÉLÉONORE.

Il n'y a donc personne pour le remplacer?

EUSÈBE, à part.

Elle va s'en aller...

Il bouscule le fauteuil et fait du bruit.

ÉLÉONORE.

Mais si, il y a quelqu'un là.

Elle désigne le grillage.

BRIQUET.

Alors, M. Gédéon sera rentré... adressez-vous à
lui...

ÉLÉONORE.

Il fallait le dire tout de suite...

Elle va au guichet de Gédéon. Briquet sort par le fond.

SCÈNE X

EUSÈBE, ÉLÉONORE.

ÉLÉONORE, frappant au guichet.

Monsieur?... monsieur le secrétaire? (Silence.) Est-ce qu'il dort? (Frappant de nouveau.) Monsieur!...

EUSÈBE, voix déguisée, à travers le guichet.

Le bureau est fermé, revenez dans une heure!...

ÉLÉONORE.

Dans une heure!... Ah! mais non... il faut qu'il m'entende!... Où est la porte de sa cage?

Elle entre par la porte latérale, placée après le guichet, Eusèbe paraît par la porte qui fait face au public. Il a des lunettes bleues et la tête enfoncée dans la calotte grecque de Gédéon. Eusèbe se dirige vers le fond, Éléonore qui le suit, le rattrape.

EUSÈBE, à part.

Oh! sapristi! Pourvu qu'elle ne me reconnaisse pas!...

ÉLÉONORE.

Mille pardons, monsieur le secrétaire, de ma vivacité... Vous êtes enrhumé?

EUSÈBE, toussant.

Beaucoup... (A part.) Comment m'en débarrasser?...

Il se met à la petite table devant le guichet.

ÉLÉONORE, prenant une chaise, et s'asseyant près de lui, à gauche.

Monsieur, j'irai droit au but. (A part.) En avant mon petit truc! (Haut.) Monsieur, j'ai été séduite!...

EUSÈBE, s'oubliant.

Vous?...

ÉLÉONORE.

Ça vous étonne?... parce que je n'ai pas le profil romain... Mais il paraît que c'est l'œil...

EUSÈBE, à part.

Elle a raison, c'est l'œil...

ÉLÉONORE.

Nous faisions partie du même orchestre... Je l'accompagnais au piano... lorsqu'un beau soir... ce fut lui qui m'accompagna... jusqu'à mon domicile...

EUSÈBE, à part.

Bigre !... mon histoire !...

ÉLÉONORE.

Nous fîmes beaucoup de musique... Nous chantâmes la chanson de l'amour.

Chantant.

« Pâle voyageur, connais-tu l'amour...
« On m'en a tant pris que je n'en ai plus!... »

(Parlé.) Neuf mois après...

EUSÈBE, à part.

Hein ! que veut-elle dire?...

ÉLÉONORE, se levant.

Neuf mois après, j'étais mère...

Elle rit, à part.

EUSÈBE, se levant aussi.

Vous ?...

ÉLÉONORE.

Autrefois, la demoiselle pincée n'avait pour se venger que le vitriol et le revolver et on la flanquait en police correctionnelle...

EUSÈBE.

Il fallait bien protéger les jolis garçons.

ÉLÉONORE.

Mais aujourd'hui, comme je l'ai lu dans une fameuse brochure, la vertu est un capital, et lorsqu'il y a faillite, il doit y avoir concordat.

EUSÈBE.

Concordat?

ÉLÉONORE.

Et réhabilitation...

EUSÈBE, à part.

Ce n'est pas une femme, c'est un avoué... (Haut.) Pardon, madame, mais je ne comprends pas...

ÉLÉONORE.

Attendez donc, un soir, au café-concert, j'accompagnais la chanson à la mode...

Chantant.

On connaît toujours sa maman,
Certainement,
Mais quand y s'agit du papa,
Ce n'est plus ça!...

EUSÈBE, à part.

Qu'est-ce qu'elle me chante là?...

ÉLÉONORE.

Cette cantilène me donna une idée...

EUSÈBE.

Laquelle?...

ÉLÉONORE.

Repincer mon séducteur et lui faire reconnaître son enfant...

EUSÈBE.

Et ce séducteur, c'est?...

ÉLÉONORE.

Eusèbe Balivéau...

2.

EUSÈBE, s'oubliant.

Moi?...

ÉLÉONORE.

Vous dites?...

EUSÈBE.

Quoi!... J'ai dit : quoi?... (A part.) Eh bien! Elle en
a un toupet!...

ÉLÉONORE.

Il s'agit de le retrouver... et vite, surtout... car il
peut se marier d'un moment à l'autre. Paraît qu'il
raffole d'une petite bourgeoise.

EUSÈBE, à part.

Hein?... Comment a-t-elle appris?...

ÉLÉONORE, lui donnant un papier.

Agissez! fouillez Paris... retrouvez-moi mon Eusèbe...
Voici des renseignements qui pourront vous être uti-
les... Quand faut-il revenir?...

EUSÈBE, avec force.

Ne revenez pas...

ÉLÉONORE.

Hein?...

EUSÈBE, doucement.

Je veux dire : on vous écrira.

ÉLÉONORE.

J'aime autant cela... Et surtout n'oubliez pas la
chanson :

On connaît toujours sa maman,
　　Certainement!
Mais quand y s'agit du papa,
　　Ce n'est plus ça!

Elle sort par le fond.

EUSÈBE, seul.

Est-ce heureux que je me sois trouvé là pour me substituer à l'agence. (Déchirant le papier que lui a remis Eléonore) Tiens! voilà le cas que j'en fais de ton petit travail... vite, débarrassons-nous...

Il entre dans le bureau.

SCÈNE XI

EUSÈBE, BRIQUET, HENRIETTE.

BRIQUET, entrant par le fond avec Henriette.

Donnez-vous la peine d'entrer, mademoiselle...

HENRIETTE, entrant, à la cantonade.

Attendez-moi là, Julie... (Descendant un peu, à Briquet.) M. Jurançon doit être ici... prévenez-le que sa fille le demande... de suite, n'est-ce pas, de suite...

BRIQUET, lui avançant une chaise.

Je vais voir si M. Jurançon est encore là!...

Il sort à gauche.

EUSÈBE, à part.

Elle! C'est elle!... ma demoiselle, du monde!...

HENRIETTE.

Il est impossible, mon père... il retarde toujours...

Elle va s'asseoir, mais elle est arrêtée par la phrase d'Eusèbe.

EUSÈBE, allant à elle.

Ah! mademoiselle!... Mademoiselle!...

HENRIETTE, effrayée.

Qu'est-ce que c'est?... Mais je ne vous connais pas, monsieur.

EUSÈBE, à part.

Et ne pouvoir me faire connaître encore!... (Haut.)
Pardon, mademoiselle... c'est une ressemblance, je
vous prenais pour une chanteuse du Gros-Caillou...

HENRIETTE, riant.

Une chanteuse! Moi!... Mais il est fou ce monsieur!...

EUSÈBE.

Oui... fou... fou d'amour... (A part) Si elle savait...

Il s'assied à la petite table, près du guichet.

SCÈNE XII

LES MÊMES, RIFOLET.

RISOLET, entrant par la gauche.

Désolé, mademoiselle, M. Jurançon vient de partir...

HENRIETTE.

Quel ennui!... Mais j'ai besoin de lui pour choisir
ma bague de fiançailles...

EUSÈBE, à part.

Ses fiançailles!... déjà...

RIFOLET.

Ah! oui... Vous vous mariez?...

HENRIETTE.

Dans trois jours, le contrat...

EUSÈBE, à part.

Trois jours!... Je flageolle.

HENRIETTE.

J'hésite entre des turquoises et des rubis .. D'abord,
moi, j'hésite toujours.

RIFOLET, à part.

Une petite linotte!...

HENRIETTE.

Si mon père revient... envoyez-le moi chez mon bijoutier... Ah! non... J'irai plus tard... chez ma modiste... Au revoir, monsieur...

RIFOLET.

Mademoiselle...

Il la reconduit. Elle sort par le fond.

SCÈNE XIII

RIFOLET, EUSÈBE.

EUSÈBE, à part.

Trois jours!... Je n'ai que trois jours pour retrouver papa.

RIFOLET, redescendant.

Eh bien!... avez-vous rempli les petites formalités?...

EUSÈBE, se levant.

Oui, monsieur!... les voici... Il me faut papa dans trois jours... Je paierai un supplément... je donnerai un concert à votre bénéfice.

RIFOLET.

Je ne réponds de rien... Mais je verrai... je tâcherai.

EUSÈBE.

Oh! oui, monsieur... Tâchez! tâchez!... un concert à votre bénéfice.

RIFOLET.

Passez par là!... par la caisse...

EUSÈBE.

Par la caisse?... bien, monsieur... (A part.) Je ne m'y arrêterai pas... (Haut.) Un concert à votre bénéfice...

Il sort par la gauche, deuxième plan.

SCÈNE XIV

RIFOLET.

Il m'intéresse ce piston... Et puis son affaire n'est pas banale ! (Tirant l'acte de naissance du petit sac.) Voyons son acte de naissance... (Lisant.) « 23 novembre 1862... un » enfant trouvé... Rue de l'Estrapade, dans une bour- » riche d'huîtres. » Pristi ! une écaillère, peut-être... oui, mais le père?... le père?... Examinons ces bibe- lots...

Il prend le gant et l'examine.

SCÈNE XV

RIFOLET, JURANÇON, puis CHAMEROL.

JURANÇON, entrant et à lui-même.

J'ai lâché Chamerol, il ne parle que de son fils... Eh bien! Rifolet, je viens chercher mes cinquante ac- tions.

RIFOLET, qui examine le gant.

Belle qualité ! (A Jurançon en lui donnant le gant.) Ce n'est pas là un gant à vingt-neuf sous... Tâtez-moi ça!...

Il passe au numéro 1.

JURANÇON.

Est-ce qu'il va vendre de la ganterie, à présent?

RIFOLET, à lui-même.

Et ce porte-cigares ?...

CHAMEROL, entrant par la gauche.

J'ai lâché Jurançon, il ne parlait que de sa fille...
(Apercevant Jurançon.) Tiens ! le voilà !

JURANÇON.

Tiens ! Chamerol !...

CHAMEROL, à Rifolet.

Ah ! Rifolet, vous avez mes actions ?...

RISOLET, à Chamerol en lui donnant le porte-cigares.

Un A... c'est bien un A... n'est-ce pas ?...

CHAMEROL.

Oui... Mais je vous remercie, je ne fume pas.

RIFOLET.

Et cette note de restaurant !...

CHAMEROL.

Pourquoi cet inventaire ?...

JURANÇON.

Ah çà ! qu'est-ce que ça veut dire ?...

RIFOLET.

Cela veut dire, mes amis, qu'il faut que d'ici trois
jours, je retrouve un père... probablement millionnaire...

JURANÇON.

Rien qu'avec ces objets ?...

CHAMEROL.

C'est maigre !...

RIFOLET.

C'est maigre !... Mais c'est ce qui me monte ! Voyez-
vous quelle réclame dans les journaux si je retrouve
un père dans ces conditions-là !...

CHAMEROL.

Voilà qui ferait mousser l'agence.

RIFOLET.

Et monter vos actions...

JURANÇON.

Et vous êtes sur la voie?...

RIFOLET.

Attendez! attendez!... Un gant blanc, qualité extra...
c'est un fils de famille...

JURANÇON.

C'est ça.

RIFOLET.

Le porte-cigares... cadeau de la mère... à M. A...

CHAMEROL.

Son prénom commence par un A.

RIFOLET.

Et la note du restaurant?... (Lisant.) Sole Richelieu,
perdreau truffé, croûte à l'ananas... champagne
frappé... (Parlé.) Menu distingué... porte-monnaie opulent.

JURANÇON.

Un gourmet...

CHAMEROL.

Très épris de son invitée...

RIFOLET.

23 février 1862... C'est-à-dire en carnaval... cabinet
numéro 3... Restaurant Magny...

JURANÇON.

Le café Anglais des Ecoles...

CHAMEROL.

Le Brébant de la rive gauche...

RIFOLET.

Cette note laissée sur l'enfant,... 23 février;... et l'acte
de naissance,... 23 novembre ,... juste neuf mois
après;... cette note est donc un acte de conception.

JURANÇON.

Je n'y suis plus.

CHAMEROL.

Ni moi ; la tête me tourne...

RIFOLET.

Le père est évidemment le soupeur du cabinet nu
méro 3,... 23 février 1862,... Restaurant Magny !...

JURANÇON.

Il faut aller au restaurant.

RIFOLET.

Allons donc ! Est-ce qu'on tient un registre des sou-
peurs?...

CHAMEROL.

On pourrait questionner les garçons...

RIFOLET.

Impossible!... Les garçons qui servaient chez Magny
en 1862, sont à la retraite...

JURANÇON.

Il a raison... attendez! j'en connais un qui est devenu
marchand de vins.

CHAMEROL.

Oui, François, au coin de la rue du Temple.

RIFOLET.

Voilà mon bec de gaz... Je cours m'éclairer... Vite
mon chapeau,... mon portefeuille;... (Appelant.) Briquet,
une voiture.

Il entre à gauche.

3

CHAMEROL.

Eh bien! Et nos actions?

JURANÇON.

Il va les apporter...

SCÈNE XVI

JURANÇON, CHAMEROL.

CHAMEROL.

Il est étourdissant,... renversant!

JURANÇON.

Il a la double vue!...

CHAMEROL.

Seulement, François pourra-t-il se rappeler?...

JURANÇON.

Il n'y a pas si longtemps!... 62!...

CHAMEROL.

L'époque où nous étions étudiants...

JURANÇON.

Nous allions souvent dîner chez Magny.

CHAMEROL.

Toi, surtout.

JURANÇON.

Comment, moi, surtout?

CHAMEROL.

Dame! on n'y rencontrait que toi!...

JURANÇON.

Si tu m'y rencontrais... c'est que tu y allais aussi!...

Tu étais alors avec Marguerite... que l'on avait sur-
nommée l'Effeuillée... Marguerite l'Effeuillée... (A part.)
Parce qu'elle se laissait volontiers... un peu... beaucoup, passionnément...

CHAMEROL.

Et toi!... avec Josépha... une brune capiteuse .. (A
part.) Ce pauvre Jurançon... s'il connaissait toutes les
cascades de sa capiteuse!...

JURANÇON.

Etait-elle gourmande, ta Marguerite !... Elle adorait
la croûte à l'ananas.

CHAMEROL.

Et ta Josépha!... Elle adorait le perdreau truffé !...

JURANÇON.

Oui!... oui!... Pour un perdreau truffé, Josépha...
(Après réflexion.) Mais j'y songe!... la croûte à l'ananas,...
il y a ça sur la note.., Si tu étais le père...

CHAMEROL.

Pourquoi plutôt moi que toi, Il y a également le
perdreau truffé sur la note... ça pourrait aussi bien
être toi.

JURANÇON.

Moi? Allons donc !

CHAMEROL.

Tu menais une vie de polichinelle.

JURANÇON.

Et toi ? Toi qu'on appelait le lovelace des écoles!...

CHAMEROL.

Veux-tu que je te dise: je suis sûr que c'est toi, le
papa !

JURANÇON.

Je parierais que c'est toi, au contraire..,

CHAMEROL, à part.

C'est égal, je regrette d'avoir mis Rifolet sur cette piste...

JURANÇON, à part.

J'ai eu tort de donner l'adresse de François...

SCÈNE XVII

LES MÊMES, RIFOLET.

RIFOLET, venant de la gauche, avec une serviette d'avocat sous le bras.

Vous avez dit : François, marchand de vins, au coin de la rue du Temple?...

JURANÇON.

Rifolet... J'ai réfléchi:... la recherche est impossible.

CHAMEROL.

C'est du temps perdu...

RIFOLET.

Comment! Vous qui me poussiez tout à l'heure!

JURANÇON, voulant le retenir.

N'allez pas chez François.

CHAMEROL, même jeu.

Renoncez à l'affaire...

RIFOLET.

Renoncer!... jamais!... J'ai le grain de·sable, je trouverai la montagne...

JURANÇON et CHAMEROL.

Rifolet!...

RIFOLET.

Laissez-moi...

Il les repousse et sort par le fond.

JURANÇON, à lui-même.

Sapristi!... Si c'était moi!...

CHAMEROL, à lui-même.

Si c'était moi... le papa!...

Rideau.

ACTE DEUXIÈME

Un salon élégant, à pans coupés. — Porte au fond donnant dans un autre salon, dans lequel est une table et des sièges autour ; en vue du public — porte dans le pan coupé de droite, donnant dans l'antichambre — au premier plan, autre porte ; — à gauche, deux portes dont une dans le pan coupé. — En scène, piano à gauche, premier plan, contre la la coulisse ; — un guéridon à droite ;— fauteuils, chaises... etc.

SCÈNE PREMIÈRE

PIERRE, JURANÇON, puis MADAME PAPILLON.

Au lever du rideau, Pierre achève de placer des sièges autour de la table qui est dans le deuxième salon.

JURANÇON, entrant par la gauche, à la cantonade.

Allez chez le glacier et ne revenez qu'avec lui... (Descendant.) Oh ! ces fournisseurs!... Et Pierre!... où est Pierre ?...

PIERRE, venant en scène, dans le premier salon.

Me voilà, monsieur.

JURANÇON, désignant la table du deuxième salon.

Très bien!... Et les bougies ?... Mettez donc sur la table deux bougies!... Comment voulez-vous qu'un notaire, qui a la vue basse, puisse lire un contrat...

Et des bougies roses!... (A part.) C'est plus distingué!...
(A Pierre.) A-t-on prévenu madame Papillon, la concierge?

MADAME PAPILLON, entrant par le pan coupé de droite. — Costume endimanché, mais pas ridicule.

Me voilà, monsieur Jurançon, me voilà!

JURANÇON. *

Ah! madame Papillon. Allez, Pierre... Et surtout ne
cassez rien... on prétend que ça porte malheur...

Pierre disparaît au fond, deuxième salon.

MADAME PAPILLON.   ·

Au contraire, monsieur, plus il y a de casse et
plus...

JURANÇON.

Je sais... Mais comme je ne veux pas qu'on casse, je
leur fais croire...

MADAME PAPILLON.

Monsieur a tant d'esprit!...

JURANÇON.

Madame Papillon, nous signons ce soir le contrat
de mariage de ma fille...

MADAME PAPILLON.

Avec M. Hector Chamerol... On ne parle que de ça
dans le quartier.

JURANÇON.

Après la signature, on dansera...

MADAME PAPILLON.

Ah! un bal!...

Elle fait mine, mais très légèrement, d'esquisser un pas.

JURANÇON.

Eh bien?...

* Jurançon, madame Papillon.

MADAME PAPILLON, s'arrêtant tout à coup.

Rien, monsieur...

JURANÇON.

J'attends une pianiste très distinguée et j'ai compté sur vous pour aider au service.

MADAME PAPILLON.

Je suis flattée.., très flattée... d'avoir été choisie par monsieur...

JURANÇON.

Votre mari n'a pas fait d'objections ?

MADAME PAPILLON.

Lui ? le pauvre homme ! Il y a longtemps qu'il est muselé... D'ailleurs, en aurait-il fait, que, pour venir chez monsieur...

JURANÇON.

Vraiment !...

MADAME PAPILLON.

J'adore la société... la bonne, s'entend...

JURANÇON.

Ah !

MADAME PAPILLON.

Et quand je pense que je vais passer la soirée chez monsieur... tout près de monsieur...

Bruit d'un globe de lampe qui se brise dans le deuxième salon au fond.

JURANÇON.

Allons, bon !... Maladroit !...

Il entre au fond et disparaît.

SCÈNE II

MADAME PAPILLON, seule.

Il ne comprend pas !... Il ne peut pas comprendre !...
S'il savait que madame Papillon, sa concierge, a été...
Eh bien ! oui, j'ai été jeune,... j'ai grignoté le fruit défendu ;... J'ai bu du champagne de toutes les marques,
rive gauche, au quartier latin... Ah ! j'ai toujours été
fidèle !... au Quartier, bien entendu... Quant à ces
messieurs... ah ! dame !... *La dona e mobile*...Mon cœur
a eu pourtant quelques stations... avec arrêt... Jurançon, entre autres.. Il était si gentil, Amédée ! Et moi,
donc !... un Grévin !... Il paraît que nous avons un peu
changé, car si je l'ai reconnu, moi, quand il a emmé-
nagé ici, il y a six mois ; il ne me reconnaît pas,
lui !... Ah ! s'il savait que sa concierge a été sa chaîne
de fleurs... son idole !... (Voyant Jurançon qui rentre.) Lui !

SCÈNE III

MADAME PAPILLON, JURANÇON, PIERRE.

JURANÇON, à Pierre qui sort du deuxième salon.

Tenez-vous dans 'l'antichambre... Mes invités ne
peuvent tarder.. (Pierre sort par le pan coupé de droite.) Et ma
fille qui n'est pas encore prête ! (Voyant madame Papillon qui
le regarde avec amour.) Eh bien ! madame Papillon, que
faites-vous là ?...

MADAME PAPILLON. *

Rien !... Je regardais monsieur.

* Madame Papillon, Jurançon.

3.

JURANÇON.

Est-ce qu'il y a un accroc à mon habit ?

MADAME PAPILLON.

Oh! non, monsieur... monsieur est toujours correct... très correct...

JURANÇON.

C'est bon !... Allez, je vous prie, dire à ma fille que je l'attends...

MADAME PAPILLON.

Oui, monsieur !... Quand monsieur était jeune, il n'était pas toujours tiré au cordeau.

JURANÇON.

Qu'en savez-vous ?

MADAME PAPILLON, se ravisant.

Je le suppose... La jeunesse aime le débraillé... le chapeau sur l'oreille... la cravate bleue ou cerise nouée à la diable, et le pantalon sans bretelles...

JURANÇON.

Qu'est-ce qu'elle chante ?

MADAME PAPILLON.

Ça vous al... Ça devait vous aller si bien...

JURANÇON.

A quel propos ?... Allez, je vous prie, dire à ma fille...

MADAME PAPILLON.

Oui, monsieur... Chaque âge a son uniforme... aujourd'hui, vous portez des bretelles et de grands faux cols... mais monsieur a toujours l'air distingué...

JURANÇON, impatienté.

Mais enfin... madame Papillon ?...

MADAME PAPILLON, à part.

Impatient comme autrefois...

JURANÇON.

Je vous prie d'aller...

MADAME PAPILLON, s'oubliant.

Oh! c'est ça!... c'est bien ça!...

JURANÇON.

Quoi donc?

MADAME PAPILLON.

Le même regard... Ces yeux, je les retrouve... les mêmes yeux...

JURANÇON.

Que... qui?...

MADAME PAPILLON, ravisée.

Que mon mari, quand il s'emporte...

JURANÇON, à part.

Oh! mais, elle est assommante...

MADAME PAPILLON, à part.

Oh! les souvenirs!... (Haut. — Avec élan.) Ah! monsieur!...

Elle va à lui et fait mine de lui passer le bras au cou.

JURANÇON, se reculant.

Eh bien! qu'est-ce que vous faites?...

MADAME PAPILLON, ravisée.

J'enlève à monsieur un cheveu blanc qui était sur le collet de monsieur...

JURANÇON, impatienté.

Vous m'impatientez à la fin!... Je vais moi-même dire à ma fille...

Il remonte vers le pan coupé de gauche.

HENRIETTE, entrant par la gauche.

Me voici, papa. *

* Henriette, Jurançon, madame Papillon.

MADAME PAPILLON, avec éclat.

Ah! monsieur, comme c'est bien vous! (A part.) Il y a vingt ans....

JURANÇON.

Pardon, madame Papillon, mais le service...

MADAME PAPILLON.

Il sera soigné, monsieur, il sera soigné... avec amour... (En sortant, elle envoie, sans être aperçue, un baiser à Jurançon.) Tiens ! (Jurançon se retourne et elle ajoute.) Avec amour, monsieur... avec amour...

Elle disparaît par le pan coupé de droite.

SCÈNE IV

JURANÇON, HENRIETTE.

HENRIETTE.

Elle est drôle, madame Papillon!...

JURANÇON.

Enfin, te voilà prête ! c'est heureux...

HENRIETTE.

Dame ! papa, il faut le temps...

JURANÇON.

Surtout quand on ne se presse pas... Et si ton prétendu était arrivé ?...

HENRIETTE.

Eh bien ! il aurait posé...

JURANÇON.

Henriette !

HENRIETTE.

Dame! papa, tu m'avais promis de retarder de quelques jours... ce maudit contrat...

JURANÇON.

Comment!... Encore?... Tu penses toujours à cet inconnu... qui t'envoie sa poésie de mirliton?...

HENRIETTE.

Mirliton!

« Je suis un ver de terre, amoureux d'une étoile. »

JURANÇON.

Ça m'étonnerait bien que ce vers soit de lui...

HENRIETTE.

Qu'importe! C'est peut-être un très bon parti...

JURANÇON.

Allons donc!... un monsieur qui garde l'incognito, ce n'est pas correct...

HENRIETTE.

Mais il pourrait se présenter...

JURANÇON.

Oh!... pour ça... je suis tranquille... tu peux signer ton contrat avec Hector... ton prince Charmant ne viendra pas...

SCÈNE V

LES MÊMES, MADAME PAPILLON, CHAMEROL
et HECTOR.

MADAME PAPILLON, annonçant du fond.

MM. Chamerol père et fils.

JURANÇON, bas, à Henriette.

Ton prétendu... Souris... (Allant au-devant des deux Chamerol.) Mon cher Chamerol... (Il lui serre la main.) Mon gendre...

Même jeu.

MADAME PAPILLON, à part.

M. Chamerol!... Encore un qui ne me reconnaît
pas...

Elle rentre au fond.

CHAMEROL.

Mademoiselle, si nous ne sommes pas en avance,
c'est ma faute... Hector piétinait.

HECTOR, offrant un bouquet à Henriette.

Voulez-vous accepter, mademoiselle, le bouquet des
fiançailles?.. Il vient du boulevard des Capucines...

HENRIETTE, le prenant.

Monsieur...

CHAMEROL, désignant le bouquet à Jurançon.

C'est ce qu'il y a de plus cher...

JURANÇON, à part.

Est-ce qu'il voudrait qu'on le lui rembourse?...

MADAME PAPILLON, à la porte du deuxième salon du fond.

Monsieur, vos invités et le notaire sont arrivés...

JURANÇON.

Mes invités... le notaire... Allons les rejoindre...

HECTOR, offrant son bras à Henriette.

Mademoiselle!...

JURANÇON.

Et vous, madame Papillon, veillez à ce que l'on ne
nous dérange pas.

MADAME PAPILLON.

Comptez sur moi, monsieur, je veillerai... (Ils passent

tous dans le deuxième salon et vont saluer les invités et le notaire. — Bruit de conversation. — La porte se ferme. — Madame Papillon, seule en scène.) Le voilà donc, ce monde !... Ce grand monde dont on parle tant dans les journaux... C'est égal ! le plus distingué, c'est M. Jurançon. On va lire le contrat... Et dire que jamais je n'ai assisté... En restant ici, je pourrai entendre...

Elle entr'ouvre la porte du fond.

JURANÇON.

Madame Papillon, fermez donc la porte...

MADAME PAPILLON.

Oh ! — Oui, monsieur... (Elle ferme la porte.) C'est égal... je vais écouter...

Elle colle son oreille à la porte du fond.

SCÈNE VI

RIFOLET, MADAME PAPILLON.

RIFOLET, entrant par le pan coupé de droite. — A Pierre qui paraît sur le seuil, — Il a une serviette d'avocat sous le bras.

Non, c'est inutile de m'annoncer. (Pierre sort. — Sans voir madame Papillon.) Eureka !... J'ai trouvé le mot du rébus... mon client attend mon signal en bas... dans la voiture... Je l'ai fait habiller à neuf... il est superbe... Il faut d'abord prévenir le père... et préparer cette petite reconnaissance...

Il dépose sa serviette sur le piano.

MADAME PAPILLON, écoutant, sans se retourner.

Chut ! donc, je n'entends plus...

RIFOLET, à part.

Elle ne se gêne pas, la camériste... (Haut.) Eh ! dites donc, mademoiselle ?...

MADAME PAPILLON, se retournant.

Mais taisez-vous donc, Pierre! (Voyant Rifolet.) Oh! un invité!

RIFOLET *.

Désolé de vous déranger, mon enfant.

MADAME PAPILLON.

Ça ne fait que de commencer, monsieur...

RIFOLET.

Qu'est-ce donc?... une séance d'escamotage?...

MADAME PAPILLON.

Mais non, monsieur, c'est une soirée de contrat... (A part.) Je connais aussi cette figure-là...

RIFOJET.

Ah!... oui... il marie sa fille... N'importe, allez prévenir M. Jurançon...

MADAME PAPILLON.

Couper un notaire... jamais de la vie!...

RIFOLET.

Il le faut!... mais allez donc...

Il ouvre la porte du fond.

LE NOTAIRE, lisant au fond.

« Par devant maître Balarue, notaire, ont comparu... »

JURANÇON, assis et se retournant.

Qu'est-ce donc?

MADAME PAPILLON.

C'est monsieur qui...

JURANÇON.

Ah! c'est vous!... (Venant en scène et fermant la porte. — A madame Papillon.) Laissez-nous...

* Rifolet, mad. Papillon.

MADAME PAPILLON.

Il avait bien besoin de venir, ce gros-là !...

Elle sort par la droite.

SCÈNE VII

JURANÇON, RIFOLET, puis CHAMEROL.

RIFOLET.

Grande nouvelle ! J'aurai les trois mille francs...

JURANÇON, à part.

Est-ce qu'il aurait trouvé ?...

CHAMEROL, passant la tête, au fond.

Viens donc, Jurançon... Tiens ! Rifolet !

RIFOLET.

Chamerol, venez donc ! Vous n'êtes pas de trop !

CHAMEROL, entrant et fermant la porte derrière lui.

Qu'est-ce qu'il y a *?

JURANÇON.

Parlez vite...

RIFOLET.

J'ai vu François, l'ex garçon de chez Magny, et je tiens une piste...

CHAMEROL, à part.

Je ne suis pas rassuré...

JURANÇON, à part.

Voilà le trac qui me prend.

* Rifolet, Chamerol, Jurançon.

RIFOLET.

François n'est plus marchand de vins... Il est homme
de lettres... et il a écrit ses mémoires...

CHAMEROL.

François?...

JURANÇON.

Ses mémoires?...

RIFOLET.

Tout en vous servant, il y a vingt ans, il prenait
des notes... et demain vous verrez à l'étalage des li-
braires, un volume in-18... avec ce titre alléchant :
« *Mémoires d'un garçon de cabinet*, 1860-1868. — Prix,
» 3 francs ».

Il tire de sa poche le volume et le montre.

CHAMEROL.

1860-1868 !

JURANÇON.

Juste notre époque !...

RIFOLET.

Ah ! il y a des pages bien curieuses dans ces mémoires. Vous en faisiez de drôles, mes gaillards, en
1862.

JURANÇON.

Il parle de nous?...

RIFOLET.

Parfaitement !...

CHAMEROL.

Il a mis les noms?

RIFOLET.

Les initiales seulement... mais ça m'a suffi pour
débrouiller l'écheveau... paternel que j'ai pour mis-
sion de dévider...

JURANCON, à part.

Aïe ! aïe !...

CHAMEROL, à part.

Je crains une tuile...

RIFOLET, passant entre les deux *.

Vous allez voir comme c'est clair...

CHAMEROL.

Oh ! les propos d'un garçon de cabinet !...

JURANÇON.

Des potins !...

RIFOLET.

Les indiscrétions d'un témoin. Écoutez ! (Lisant.) « Cha-
« pitre 24. — 23 février, mardi gras. Il est minuit, le
» restaurant Magny resplendit de mille feux... Un es-
» cadron de garçons sous le commandement de Fran-
» çois, attend, le sourire aux lèvres et la serviette
» sous le bras, l'arrivée des clients... Parmi cette
» foule d'élite, le tout-Paris de la rive gauche... nous
» avons remarqué M. C, H.

JURANÇON.

Ch. Chamerol...

CHAMEROL.

Moi ?... c'est possible... j'y étais...

JURANÇON, souriant, à part.

C'est lui...

RIFOLET.

» M. Ch... avec mademoiselle M. l'E...

JURANÇON.

Marguerite l'Effeuillée... C'est bien ça... (A part) Ce
n'est pas moi...

* Cha. Rif. Jur.

CHAMEROL.

Tu n'as pas besoin de dire...

JURANÇON, à part.

C'est bien lui...

Il se frotte les mains.

HECTOR, ouvrant la porte du fond.

Mais, voyons, papa...

CHAMEROL.

J'y vais... j'y vais...

HECTOR.

Bon !

Il disparaît.

RIFOLET.

Ce n'est pas fini... (Lisant.) « M. Ju... »

CHAMEROL, avec joie.

Jurançon !...

JURANÇON.

Moi? c'est possible!... J'y allais, comme toi...

RIFOLET.

« Avec son inséparable mademoiselle Jo... »

CHAMEROL.

Josépha... oui, c'est ça !... c'est bien ça !...

JURANÇON.

Il est inutile d'expliquer....

CHAMEROL, à part.

C'est lui. (Il se frotte les mains. — Haut, à Rifolet.) Eh bien!
après?... Qu'est-ce que ça prouve?... Nous étions chez
Magny, voilà tout...

JURANÇON.

Mais on ne dit pas qui soupait dans le cabinet
n° 3...

RIFOLET.

Attendez. (Lisant.) « Les clients arrivent en foule, les
» cabinets sont pris d'assaut;... et le n° 3, après une
» lutte héroïque, reste au pouvoir de M. Ch... » c'est-
à-dire Chamerol.

JURANÇON, à part.

Chamerol! Je respire!...

CHAMEROL.

Moi?

RIFOLET.

Vous êtes le soupeur du n° 3... le propriétaire de
la note... Par conséquent, le père de mon client...

CHAMEROL, passant au n° 2.

Comment! parce que j'ai soupé le 23 février dans
le cabinet n° 3... je suis le père?... et, sur une note
de restaurant...

RIFOLET.

Il y a encore d'autres pièces à conviction... il y a
le gant... Veuillez essayer...

CHAMEROL.

Mais...

JURANÇON.

Essaie donc!

CHAMEROL, essayant, avec joie.

Il ne me va pas...

RIFOLET.

Bravo! C'est qu'il est bien à vous. Depuis vingt ans
vous avez engraissé...

JURANÇON.

C'est vrai, c'est étonnant comme ta main a grossi!..

RIFOLET.

Il y a encore le porte-cigares... un A... un A brodé.

JURANÇON.

Alfred!... Tu t'appelles Alfred...

CHAMEROL.

Tu m'ennuies, toi...

RIFOLET.

Tout concorde!... C'est vous... C'est bien vous qui êtes le père. (A part.) Appelons le fils, vite!

Il remonte et va à la porte du pan coupé de droite sans disparaître.

JURANÇON, à Chamerol.

Ah! mais, dis donc!... dès l'instant que ton fils Hector n'est plus fils unique, je retire ma parole et ma fille...

CHAMEROL.

Mais non,... je proteste!...Et tant qu'on ne m'aura pas prouvé d'une manière certaine...

RIFOLET, qui est redescendu.

Ah çà! est-ce que vous vous figurez que la paternité se prouve comme un alibi? Elle se soupçonne... et ici, les soupçons sont assez forts...

CHAMEROL.

Je proteste toujours...

RIFOLET.

Alors, nous plaiderons, nous ferons du scandale... Et quand j'aurai mis ces mémoires entre les mains d'un avocat.., vinaigré, qui livrera aux journaux les mystères de votre vie privée...

JURANÇON.

Et qui te mettra sur le dos tes turlutaines d'autrefois, tu seras bien avancé...

CHAMEROL. effrayé.

Non!.. non!.. pas ça!.. C'est inouï.. ça n'a pas de nom... Comment! Je suis actionnaire de la Recherche de la Paternité, et comme dividende, je touche, quoi?... un mioche!...

RIFOLET.

Maintenant, c'est un accident qui arrivera à pas mal de vieux farceurs...

CHAMEROL.

Comment ?

RIFOLET.

Dame!.. Quand on a fait la fête... on est toujours un peu le père de quelqu'un...

JURANÇON.

Il a raison...

RIFOLET.

Je vais chercher votre fils...

Il [remonte vers la porte du pan coupé de droite et est censé parler à un domestique.

CHAMEROL.

Comment! il est là? Comme les enfants poussent vite maintenant...

JURANÇON.

Et moi, je vais renvoyer le notaire...

CHAMEROL,

Mais non,... j'avantagerai mon fils légitime...

JURANÇON.

Alors, je vais faire mettre un renvoi..

Il entre au fond, où l'on entend un cri général de satisfaction : Ah !

SCÈNE VIII

CHAMEROL, RIFOLET, puis EUSÈBE.

CHAMEROL, à part.

Je ne me tiens pas pour battu. Dès demain, je vais

faire une contre-enquête. En attendant, j'ai un fils...
J'ai un second fils...

Il s'assied à gauche, près du piano.

RIFOLET.

Allons ! Chamerol ! Soyez philosophe ! un enfant
de plus ou de moins, ce n'est pas une affaire... (Voyant
paraître. Eusèbe à la porte de gauche, il va vers lui, redescendant.)
Ah !..

EUSÈBE, en habit noir démodé.

Dites donc ! vous m'avez fait poser dans la voiture...

RIFOLET, désignant Chamerol qui tourne le dos.

Possible !.. Mais j'ai trouvé votre père !. Ce monsieur
là-bas... Un peu d'élan... d'émotion...

EUSÈBE, à part.

C'est un papa très bien...

RIFOLET, allant à Chamerol toujours assis.

Un peu d'élan... d'émotion... Voici votre fils...

CHAMEROL, se levant *.

Mon fils ?.. ça !..

EUSÈBE.

Hein !.. Mais je suis artiste...

RIFOLET.

Cornet à piston au Gros-Caillou...

CHAMEROL, à part.

Un Arban de banlieue... (Haut.) Monsieur...

EUSÈBE.

Monsieur...

RIFOLET.

Voilà des épanchements de famille... (Bas à Chamerol.)
Dites-lui quelque chose d'affectueux...

* Chamerol, Rifolet, Eusèbe.

CHAMEROL, à Eusèbe, en passant au numéro 2.

Croyez bien... que... je suis enchanté... du hasard... qui... mais... je suis bien petitement logé pour vous recevoir...

EUSÈBE, montrant Rifolet.

Oh! monsieur m'a loué un appartement...

RIFOLET, à Chamerol.

A vos frais!..

CHAMEROL, à part.

Enfin, il sera moins gênant... (Haut, à Eusèbe.) Si vous aviez besoin de quelque chose?...

RIFOLET, à part.

C'est moins froid...

CHAMEROL.

D'un conseil?...

EUSÈBE.

Je ne réclame rien, monsieur... qu'un petit service...

CHAMEROL.

Un service?... (A part.) Il va me demander une pension...

EUSÈBE.

Mon cher papa, je voudrais me marier...

CHAMEROL.

Excellente idée!... (A part.) J'en serai plus tôt débarrassé...

RIFOLET, à part.

A la bonne heure!.. Ils commencent à s'entendre...

EUSÈBE.

Je voudrais épouser celle que j'aime...

4

CHAMEROL, à part.

Quelque blanchisseuse, sans doute !... (Haut.) Que fait
elle, ta dulcinée ?..

EUSÈBE.

C'est une oisive.. une demoiselle du monde..

CHAMEROL.

Une aventurière !.

EUSÈBE, avec force.

Une aventurière ?... Mademoiselle Jurançon !

CHAMEROL, surpris.

Mademoiselle Jurançon !.

RIFOLET, à part.

Il va bien, le musicien...

CHAMEROL.

Tu veux épouser mademoiselle Henriette ?.. Mais
c'est impossible...

RIFOLET.

Comment ! la première chose qu'il vous demande..

CHAMEROL.

Elle est fiancée à un autre...

EUSÈBE.

Un autre ?... Elle ne l'épousera pas... et dussé-je le
provoquer !...

CHAMEROL.

Mais c'est ton frère... Il veut tuer son frère !

RIFOLET.

Calmez-vous !..

EUSÈBE.

Me calmer !.. Mais je veux... je tiens à épouser... et,
s'il le faut, je l'enlève, la fiancée de mon frère..

JURANÇON et HECTOR, passant la tête au fond.

Eh bien ! Qu'y a-t-il ?..

CHAMEROL.

Oui.. oui... j'y vais... une minute...

Jurançon et Hector disparaissent.

RIFOLET, à part *.

Voilà une jolie entrée dans une famille... (Bas, à Chamerol.) Adressez-lui donc quelques paroles... sorties du cœur...

CHAMEROL **.

Soit !.. Voyons, chose?... (A Rifolet.) Comment s'appelle-t-il, mon fils ?..

RIFOLET.

Eusèbe...

CHAMEROL.

Voyons !.. Eusèbe !... pas d'esclandre !... Tiens-toi tranquille...

EUSÈBE.

Vous aviez besoin d'avoir un autre fils !

CHAMEROL.

Est-ce que tu vas me le reprocher?..

EUSÈBE.

Dame ! je croyais être fils unique !.. N'importe ! Présentez-moi à M. Jurançon...

CHAMEROL.

Moi?... (Se ravisant.) Oui... c'est ça... reste ici... je reviens... (Bas à Rifolet.) Emmenez-le...

RIFOLET, bas.

L'emmener?... mais...

* Eusèbe, Chamerol, Rifolet.
** Eusèbe, Chamerol, Rifolet.

CHAMEROL, bas.

Emmenez-le...

Il entre au fond.

EUSÈBE.

Qu'est-ce qu'il vous a dit ?...

RIFOLET.

Rien !... Il me recommande de veiller sur vous...

EUSÈBE.

Dites donc !... Il n'avait pas l'air très content, papa ?...

RIFOLET.

Mais si... mais si... Il est enchanté, au contraire... Je vais préparer l'acte de reconnaissance provisoire.. (Il va prendre sa serviette qu'il a déposée sur le piano.) Pas de plume ! pas d'encre !... (Remontant devant la porte de l'antichambre, à droite.) Mademoiselle ?.. Madame ?..

EUSÈBE, à lui-même.

Si j'allais parler à mon frère !...

MADAME PAPILLON, entrant avec un plateau.

Monsieur désire du punch ?..

RIFOLET.

Non... de l'encre... Une plume ?...

MADAME PAPILLON.

Si monsieur veut entrer dans le cabinet de M. Jurançon ?...

Elle désigne la gauche.

RIFOLET, à Eusèbe.

Venez donc, vous...

EUSÈBE.

Pardon... je voudrais bien causer avec mon frère, moi ?

RIFOLET.

Non... plus tard!... plus tard!... Venez...

Il le fait passer devant lui.

EUSÈBE.

C'est bon... je vous suis...

Ils sortent tous les deux par la gauche.

SCÈNE IX

MADAME PAPILLON, puis ÉLÉONORE.

MADAME PAPILLON.

Quel parfum!.. Ma foi, puisque ces invités n'en veu-
lent pas...

*Elle prend un verre de punch, au moment où elle s'apprête à le
boire, on entend Eléonore à la cantonade.*

ÉLÉONORE.

Par ici!... C'est bien...

MADAME PAPILLON *.

Une invitée !...

Elle repose le verre.

ÉLÉONORE, entrant et saluant.

Madame...

MADAME PAPILLON, saluant.

Madame...

ÉLÉONORE.

C'est moi, la pianiste... Est-ce que je suis en retard?.

MADAME PAPILLON.

Non! non! Ils sont encore là... ils travaillent le

* Madame Papillon, Eléonore.

4.

contrat avec le notaire... C'est le fils de M. Chamerol qui épouse...

ÉLÉONORE.

Chamerol !... En voilà un nom !. Je m'en moque... Dites donc, il embaume votre punch !...

MADAME PAPILLON.

C'est moi qui l'ai fait...

ÉLÉONORE, prenant un verre.

Ah !... je vas vous donner mon opinion... je m'y connais...

MADAME PAPILLON, prenant un autre verre.

Trinquons, alors...

Elles boivent.

ÉLÉONORE.

Mazette !... C'est pas le punch du Beuglant, ça !..

MADAME PAPILLON.

J'te crois !... (Se reprenant.) Je vous crois !... Mais il faut que j'aille vite remplacer les deux verres...

Elle remonte pour sortir.

ÉLÉONORE, la rappelant.

Dites donc... on n'a pas loué de piston pour la soirée ?..

MADAME PAPILLON.

De piston ?.. Je ne sais pas, moi !.. (A part.) Pourquoi me parle-t-elle de piston... ?

[Elle sort par la droite.

SCÈNE X

ÉLÉONORE, puis EUSÈBE.

ÉLÉONORE.

Allons !.. je parie qu'il n'y aura pas encore de piston, cette fois!... Oh! ces bourgeois!.. Ne pas aimer un instrument aussi distingué!.. En attendant le moment du bastringue, essayons leur chaudron!.. (Elle va au piano et joue mélancoliquement et très doucement.) Bon! encore cette valse en si bémol... que nous roucoulions ensemble... (S'interrompant.) Non, une autre!..

EUSÈBE, entrant et se dirigeant vers le fond.

Oh! décidément, il faut que je voie mon frère...

Eléonore jouant toujours doucement et chantant.

EUSÈBE, se retournant et descendant un peu.

Qu'est-ce que c'est que ça?...

ÉLÉONORE, qui s'est retournée.

Eusèbe!

EUSÈBE.

Eléonore!... (A part.) Pincé!...

ÉLÉONORE, se levant *.

Enfin!... je te retrouve... Comme tu es beau!... Ils avaient donc loué un piston!... et c'est toi... toi... Ah! ça, c'est une veine!...

EUSÈBE, à part.

Que dit-elle?...

ÉLÉONORE.

Nous allons jouer ensemble... comme autrefois...

EUSÈBE.

Ah! non... merci!... je ne suis plus le piston mercenaire... Je suis un homme du monde...

ÉLÉONORE.

Toi?...

EUSÈBE.

J'ai retrouvé papa...

* Eléonore, Eusèbe.

ÉLÉONORE.

Un père camelotte?...

EUSÈBE.

Camelotte!... M. Chamerol?...

ÉLÉONORE, à part.

Lui!... le fils de Chamerol!... (Haut.) Et tu vas épouser mademoiselle Jurançon?

EUSÈBE.

Oui... c'est-à-dire... non... (A part.) Tiens... Comment
sait-elle?...

ÉLÉONORE.

Un instant!... mon amour;... Ce mariage ne se fera
pas... C'est moi qui te le dis...

EUSÈBE.

Et pourquoi?... s'il vous plaît?

ÉLÉONORE.

Parce que tu m'as lâchée... moi... et le mioche...

EUSÈBE.

Le mioche!... Quel mioche?...

ÉLÉONORE.

Le tien!...

EUSÈBE.

Tu oses prétendre?...

ÉLÉONORE, pleurnichant.

Il renie son fils... Voyons, Eusèbe... mon petit Eusèbe... Souviens-toi du passé...

EUSÈBE.

Je le connais, cet air-là!...

ÉLÉONORE.

Souviens-toi de nos longues soirées, musique et
amour panachés!

EUSÈBE.

Merci!... c'est fini cette musique-là!...

ÉLÉONORE.

Oh! fais pas le méchant avec ta Nonore... Viens!...
allons souper à la brasserie... et lâche ta demoiselle...

EUSÈBE.

Renoncer à elle!... le plus souvent...

ÉLÉONORE, vivement.

Alors, je vas trouver le beau-père...

EUSÈBE.

Eléonore... pas de bêtises...

ÉLÉONORE.

Je vas lui en dire de drôles sur ton compte.

Elle va vers la porte du fond.

EUSÈBE, se mettant devant la porte et l'arrêtant.

Eléonore... Je te défends...

ÉLÉONORE.

Ah! c'est comme ça!... (Allant au piano.) Tu vas voir...

Elle joue très fort, et chante très haut.

EUSÈBE.

Veux-tu te taire... du Wagner... on vient...

Il disparaît vivement à droite, premier plan.

SCÈNE XI

ÉLÉONORE, JURANÇON, CHAMEROL, puis HENRIETTE,
un instant, EUSÈBE, caché.

JURANÇON, entrant suivi de Chamerol.

Qu'est-ce que c'est que ça?... Mais c'est trop tôt,
mademoiselle!...

CHAMEROL, à part.

Ah! Il n'est plus là ! Rifolet l'aura emmené...

JURANÇON.

On n'a pas encore signé le contrat...

CHAMEROL.

Non... on n'a pas encore signé...

ÉLÉONORE, au piano.

Pas encore signé... bravo!

Elle s'appuie sur le piano et fait du bruit.

JURANÇON, qui remontait, revenant.

Vous mettez le trouble dans ma soirée...

ÉLÉONORE, se levant *.

Mais c'est exprès, mes petits pères... (A part.) Tiens! il a disparu...

CHAMEROL.

Exprès ?...

JURANÇON.

Qu'est-ce que ça signifie?...

EUSÈBE, à part et caché.

Elle va parler, je suis perdu...

Il ferme la porte et disparaît.

ÉLÉONORE.

Ça veut dire que votre gendre est un gredin...

CHAMEROL.

Mon fils ?...

ÉLÉONORE.

Ah!... vous êtes M. Chamerol?... Enchantée de faire votre connaissance !...

CHAMEROL.

Mais que reprochez-vous à mon fils?...

* Jurançon, Eléonore, Chamerol.

JURANÇON.

Qu'a-t-il donc fait, mon gendre?...

ÉLÉONORE.

Il a enfreint l'article 24... chapitre 5 de la loi de 1886.

JURANÇON.

Qu'est-ce que ça veut dire?...

CHAMEROL.

Un crime?...

ÉLÉONORE.

Oui... Il a détourné une pauvre innocente... Il est devenu papa...

CHAMEROL.

Mon fils!...

JURANÇON.

Mon gendre!... un enfant?...

ÉLÉONORE.

Et je suis son collaborateur...

JURANÇON.

Eh! madame, je conçois ce que votre situation a d'intéressant...

CHAMEROL.

De trop intéressant...

ÉLÉONORE.

Arrange-toi comme tu pourras... n'est-ce pas?... C'est le vieux jeu, ça!

JURANÇON.

Le vieux jeu?...

ÉLÉONORE.

Aujourd'hui, le séducteur est obligé de signer son bébé...

JURANÇON.

Et vous prétendriez obliger mon gendre?...

CHAMEROL.

Vous voudriez que mon fils?...

ÉLÉONORE.

Tiens!... Je vas me gêner... C'est mon droit... Mariez
votre fille avec mon gredin, si vous voulez... mais
dans le nid de ces deux serins, il y aura un petit coucou...

CHAMEROL.

Mais je ne veux pas que mon fils ait un coucou...

ÉLÉONORE.

Alors, rompez... rompez...

CHAMEROL.

Allons donc! c'est impossible!...

JURANÇON.

Invraisemblable!

ÉLÉONORE.

Faites venir votre fils... et vous verrez s'il ose, devant moi...

CHAMEROL, remontant.

Je vais l'appeler...

HENRIETTE, passant la tête, au fond.

Tu ne viens donc pas, papa?...

JURANÇON.

Oh! ma fille!... Je viens... je viens... (Henriette disparaît.)
Pas devant elle, n'est-ce pas?...

CHAMEROL.

Oui... oui... pas de scandale...

ÉLÉONORE.

Soit!... Mais alors, vous me jurez de rompre...

CHAMEROL.

Permettez !...

ÉLÉONORE.

Non ?... Eh bien ! je vais dire à vos invités, au notaire, à tout le monde...

JURANÇON.

Non... pas de bruit... pas d'éclat... Je vous promets
de suspendre...

ÉLÉONORE.

Vous ne signerez pas ?... c'est bon !... J'emporte votre
parole de gentilhomme... mademoiselle Eléonore, rue
Saint-Augustin, 36.

JURANÇON.

Je vous enverrai votre cachet tout de même...

ÉLÉONORE.

Vous ne voulez pas de ma musique?... Compris...
(A part.) C'est égal !... J'aurai l'œil...

Elle sort par la droite, pan coupé.

EUSÈBE, qui vient d'entr'ouvrir la porte de droite, premier plan et à
part.

Elle s'en va !... Que leur a-t-elle dit?...

SCÈNE XII

CHAMEROL, JURANÇON, HECTOR, EUSÈBE, caché,
puis HENRIETTE.

JURANÇON.

Désolé, mon cher Chamerol !... mais ton fils...

CHAMEROL.

Attends un peu!... (Appelant à la porte du fond.) Hector !
Hector!... (A part.) Quelle aventure !...

5

HECTOR, entrant.

Me voilà papa! me voilà *!

JURANÇON.

Nous venons d'en apprendre de drôles sur votre compte, monsieur...

EUSÈBE, à part.

Tiens !... ils croient que c'est l'autre !...

HECTOR.

Qu'est-ce que j'ai fait?

CHAMEROL.

Avoue, malheureux !... avoue, si c'est la vérité !...

HECTOR.

Avouer !... Quoi?...

JURANÇON.

Mademoiselle Eléonore !...

CHAMEROL.

Rue Saint-Augustin, 36 !...

HECTOR.

Connais pas...

JURANÇON.

Inutile de nier, monsieur, puisqu'il y a une preuve... une preuve vivante...

CHAMEROL.

Oui... une preuve vivante...

HECTOR.

Vivante... moi... J'aurais?...

JURANÇON.

Un enfant !...

* Jurançon, Hector, Chamerol.

CHAMEROL.

Oui, monsieur... un enfant!...

HECTOR.

Mais papa... beau-père... je...

JURANÇON.

Votre mariage est suspendu... Je vais ouvrir une enquête...

HECTOR.

Mais, monsieur Jurançon...

Il se défend avec gestes.

EUSÈBE, à part.

Mais alors... je n'ai plus de rival, je peux épouser... (Entrant en scène, haut.) Présentez-moi donc, papa...

CHAMEROL.

Comment! Encore ici... toi!

JURANÇON, passant au numéro 2.

Ah! c'est monsieur ton fils?...

HECTOR.

J'ai un frère?...

JURANÇON.

Oui... un frère... (Gouailleur.) Cabinet numéro 3...

RIFOLET, entrant.

Voici l'acte... et les pièces à l'appui.. (Il les donne à Chamerol.) Gardez la note... c'est votre titre de propriété...

CHAMEROL, la prenant et la regardant.

La note! la note!... Maudit souper... cabinet numéro 3... (Criant.) Oh!...

RIFOLET.

Quoi donc?...

CHAMEROL.

Mais ce n'est pas un trois... c'est un cinq...

JURANÇON, regardant.

Il a raison... c'est un cinq...

HECTOR, regardant aussi.

C'est un cinq...

CHAMEROL, à Eusèbe.

Alors... je ne suis pas ton père...

EUSÈBE, à Rifolet.

Mais qui donc, alors?... Qui donc?...

RIOFLET, ouvrant le livre et cherchant.

Numéro 5... numéro 5... attendez...

JURANÇON, à Chamerol.

Du moment que tu n'es plus le trois...

EUSÈBE.

C'est donc un billet de loterie?...

JURANÇON.

Je te rendrai ma parole... quand la question Eléonore sera vidée...

EUSÈBE, à Rifolet.

Vous ne trouvez pas?... Je n'ai plus de père, alors?...

RIFOLET, à Eusèbe.

Attendez donc!... oh!... Si!... si!... un père très distingué... beaucoup plus distingué que l'autre...

EUSÈBE.

J'en étais sûr!... Ah! ma foi!... en attendant la démarche officielle, je vais faire moi-même la demande...

Il met ses gants à droite, en tournant le dos aux autres.

JURANÇON, à Chamerol.

Qui diable pouvait bien souper dans le 5?...

RIFOLEL, bas à Jurançon.

Le cabinet numéro 5?... c'est vous...

JURANÇON, bas.

Sacrebleu!... alors, c'est moi qui suis le père?...

EUSÈBE, l'interrompant et s'avançaut *.

Monsieur Jurançon... en attendant la visite de papa... d'un père très distingué... j'ai l'honneur de vous demander la main de mademoiselle votre fille...

JURANÇON.

Hein !... sa sœur !... Il veut épouser sa sœur !...

EUSÈBE.

Comment!... Moi?... son frère?...

RIFOLET.

Sans doute!... puisque votre père... le numéro 5, c'est M. Jurançon...

EUSÈBE, à Rifolet.

Ah! vous m'avez mis dans un joli pétrin, mais je ne vous paierai pas...

RIFOLET.

Ce n'est pas ma faute!... c'est la fatalité!...

JUARNÇON.

Non!... c'est impossible!... Je ne suis pas... Je ne peux pas être le père de ce fantoche...

CHAMEROL.

Je l'étais bien moi, tout à l'heure...

RIFOLET.

Et le porte-cigares marqué d'un A ?...

CHAMEROL.

Amédée!... Tu t'appelles Amédée...

RIFOLET.

C'est concluant!... Et à moins que vous ne vouliez plaider?...

* Hector, Chamerol, Jurançon, Rifolet, Eusèbe.

JURANÇON, effrayé.

Non!... non!... pas de scandale!... J'ai une fille!...

EUSÈBE, à lui-même.

J'avais bien besoin de chercher papa. (A Rifolet, avec force.) Mais je ne veux plus de ce père-là... il faut m'en trouver un autre!... Je veux sortir de cette impasse...

SCÈNE XIII

LES MÊMES, MADAME PAPILLON.

MADAME PAPILLON, entrant avec un plateau.

Ces messieurs veulent-il du punch?

CHAMEROL, prenant un verre.

Avec plaisir!...

RIFOLET, de même.

Je veux bien...

MADAME PAPILLON, à Jurançon.

Et monsieur? (Bas.) Je l'ai fait surtout pour monsieur...

JURANÇON.

Laissez-moi donc tranquille, vous...

MADAME PAPILLON.

Qu'est-ce qu'il a?

Elle va à gauche, près du piano, sur lequel elle dépose le plateau.

RIFOLET *.

Allons! allons! Jurançon, soyez philosophe... un enfant de plus ou de moins... ce n'est pas une affaire...

* Madame Papillon, Jurançon, Rifolet, Hector, Chamerol, Eusèbe.

HECTOR, à Chamerol un peu au fond, tous les deux.

Drôle de beau-frère !...

CHAMEROL.

Va donc auprès de mademoiselle Henriette.

Hector disparaît au fond.

EUSÈBE, qui a vu le mouvement à part.

Il va la rejoindre !... Surveillons le fiancé...

Il va pour suivre Hector.

JURANÇON.

Où allez-vous donc ?

EUSÈBE, à la porte du fond.

Je vais faire connaissance avec ma sœur.

Il disparaît au fond.

JURANÇON.

Mais je ne veux pas...

RIFOLET, l'arrêtant.

Mais puisque c'est sa sœur !...

SCÈNE XIV

RIFOLET, JURANÇON, CHAMEROL, MADAME PAPIL-
LON.

JURANÇON.

Sa sœur !... Non, ca ne se peut pas !... Il y a erreur !

MADAME PAPILLON, a repris son plateau, à gauche, et remonte
vers la porte du fond.

Qu'est-ce qu'il dit ?...

RIFOLET.

L'agence ne se trompe jamais !...

CHAMEROL.

Oh !... ça !...

RIFOLET.

Mon client est bien le fils d'Amédée Jurançon et de Josépha...

MADAME PAPILLON, redescendant tout à coup, et déposant son plateau sur le piano.

Hein?... quoi?... Vous avez dit : Josépha?...

RIFOLET.

Mais oui... Josépha...

MADAME PAPILLON.

Josépha!... l'enfant gâté de la rive gauche?... La Reine de Bullier?

RIFOLET.

C'est bien ça !...

JURANÇON.

Vous l'avez connue?...

MADAME PAPILLON, passant au numéro 2.

Mais c'est moi!... moi!... *

TOUS.

Hein?...

MADAME PAPILLON, se ravisant.

... Qui étais son amie... sa confidente... Elle ne me cachait rien, la pauvre chérie...

JURANÇON.

Alors vous devez savoir si vraiment elle a eu un fils?...

MADAME PAPILLON.

Un fils?...

_____

* Jurançon, madame Papillon, Rifolet, Chamerol.

RIFOLET.

Oui, en 1862...

MADAME PAPILLON.

En 1862?...

CHAMEROL.

Nous tenons à savoir...

RIFOLET.

Il y va de la réputation de l'agence...

JURANÇON.

Parlez, madame Papillon, il le faut!

MADAME PAPILLON.

Je n'ai rien à vous refuser, monsieur,... non,... rien...

JURANÇON.

Eh bien?...

MADAME PAPILLON, bas, et après hésitation.

Eh bien!... oui!... Elle a eu un bébé,... la pauvre
chère enfant...

JURANÇON.

C'est donc vrai?...

Il tombe assis sur un siège à gauche.

MADAME PAPILLON.

Elle l'avait confié à sa tante, qui...

CHAMEROL, passant du numéro 4 au numéro 3.

Oui... oui... pas d'histoires... Le père... qui était le
père?...

RIFOLET.

C'était bien Jurançon, n'est-ce pas?...

MADAME PAPILLON.

Jurançon!... le petit Amédée?...

JURANÇON.

Amédée!... oui... Dites la vérité, rien que la vérité...

5.

MADAME PAPILLON.

Eh bien !... non !...

JURANÇON, avec joie, se levant.

Non... elle a dit : non...

RIFOLET.

Comment ? non ?...

JURANÇON.

Laissez-la parler... Elle a dit : non !...

MADEME PAPILLON.

Ah ! elle aurait bien voulu, elle, que ce fût Amédée
qui... Elle l'aimait tant, son petit Amédée...

JURANÇON, ému, à part.

C'est que c'est vrai !... Elle m'adorait...

MADAME PAPILLON.

Mais voilà la vie... la voilà !... Elle adorait son Amédée et elle l'a trompé...

CHAMEROL, à part.

Oh ! oui...

RIFOLET.

Enfin, le nom du père ?...

JURANÇON.

Elle vous l'a confié, n'est-ce pas ?...

MADAME PAPILLON.

Elle n'aurait pas pu faire autrement... mais je n'ose
pas, devant M. Jurançon...

RIFOLET.

Pourquoi donc ?...

CHAMEROL.

Parlez !... madame Papillon...

Il passe au numéro 3.

JURANÇON.

Je vous en prie?...

MADAME PAPILLON.

Alors, je vais le dire... Oh! il ne valait pas Amédée, allez... c'est toujours comme ça!... Amédée était étudiant en droit... très correct, tandis que l'autre, un peu débraillé... c'était un élève en pharmacie...

JURANÇON, à part.

Trompé par un droguiste!...

RIFOLET, à part.

Un élève en pharmacie!...

MADAME PAPILLON.

Je vais vous dire : Josépha s'était foulé le pied, un soir, à Bullier, en dansant un cavalier seul... son triomphe... L'apprenti pharmacien la soigna... On ne sait pas assez jusqu'où peut aller la reconnaissance d'une femme...

RIFOLET.

Mais enfin, le nom?... le nom du père?

MADAME PAPILLON.

Son nom?...

TOUS.

Oui... parlez...

MADAME PAPILLON.

Antoine... Antoine Rifolet...

RIFOLET.

Moi?...

CHAMEROL et JURANÇON.

Rifolet!...

MADAME PAPILLON, à part.

Lui! Je disais bien que cette figure-là était de mes connaissances...

RIFOLET.

Moi ?... C'est moi, qui serais !... (Aux autres.) Mais non... mais non... c'est impossible... la note dit le contraire... le père, le vrai père, c'est le numéro 5...

MADAME PAPILLON.

Ah ! Il n'y a pas de doute, allez... c'est vous... c'est bien vous !...

RIFOLET.

En voilà une chance !... (A lui-même.) Chercher un père dans tout Paris... et tomber juste sur moi...

MADAME PAPILLON, à part.

Ah ! quelle émotion !... Je n'ai plus de jambes...

Elle tombe assise à droite.

JURANÇON.

Allons, Rifolet, soyez philosophe !...

CHAMEROL.

Un fils de plus ou de moins, ce n'est pas une affaire...

RIFOLET.

Flanquez-moi la paix... vous...

MADAME PAPILLON, à part.

Ah ! si mon mari apprenait cette page de mon histoire !...

SCÈNE XV

LES MÊMES, EUSÈBE, HECTOR, HENRIETTE.

Eusèbe rentre par le fond, avec Henriette et suivi par Hector.

EUSÈBE, à Hector.

Non, monsieur, je ne permets pas qu'on fasse la cour à ma sœur...

JURANÇON.

Mais ce n'est pas votre sœur, monsieur... je ne suis plus votre père .. j'ai passé la main...

Il fait passer Henriette à gauche.

EUSÈBE.

Quel bonheur!...

CHAMEROL, désignant Rifolet.

Et voilà le nouveau...

JURANÇON, même jeu.

Le voilà, votre père!...

EUSÈBE.

Le directeur de l'agence?...

MADAME PAPILLON, à l'extrême droite, à part.

Mon fils!... c'est mon fils!...

EUSÈBE.

Mais, est-ce bien le vrai, cette fois?...

RIFOLET, allant à lui.

Oui, monsieur...c'est moi...Enfin que voulez-vous?...

EUSÈBE, bas.

Alors, faites vite la demande...

RIFOLET, haut.

La demande?... (A part.) Au fait, c'est mon fils... (A Jurançon.) Mon cher Jurançon, j'ai l'honneur de vous demander la main de votre fille pour mon fils...

JURANÇON.

Mais je ne connais pas monsieur...

EUSÈBE, avec intention, regardant Henriette.

Je suis le ver de terre amoureux d'une étoile...

HENRIETTE.

(A part.) Ce serait lui!... (Haut, à Jurançon.) C'est lui, papa... C'est mon inconnu!...

JURANÇON.

Un artiste !...

MADAME PAPILLON.

Le fils de M. Rifolet...

EUSÈBE.

Je l'aime! monsieur, je l'aime!... appelez-moi votre gendre...

SCÈNE XVI

LES MÊMES, ÉLÉONORE.

ÉLÉONORE, qui vient d'entrer, et à elle-même.

Son gendre... J'avais raison de me méfier...

MADAME PAPILLON.

Tiens !... la pianiste !...

EUSÈBE.

Eléonore !...

JURANÇON.

Saint-Augustin, 36...

HENRIETTE.

Quelle est cette dame?...

ÉLÉONORE, s'avançant. — A Jurançon.

C'est ainsi que vous tenez votre parole?...

JURANÇON.

Mais, oui... Hector n'épouse plus...

ÉLÉONORE, étonnée.

Hector?...

RIFOLET.

Monsieur a un autre gendre... que voici...

Il montre Eusèbe.

ÉLÉONORE, elle passe près d'Eusèbe.

Eusèbe !... Jamais de la vie !...

EUSÈBE, à part.

La bombe va éclater...

ÉLÉONORE.

Mais c'est lui, le gredin, c'est lui mon séducteur !...

EUSÈBE.

Ne la croyez pas, monsieur, je vous expliquerai...

JURANÇON.

En voilà assez !... (A Chamerol.) Chamerol, emmène ma fille... (A Eusèbe.) Quant à vous, monsieur, sortez !

EUSÈBE.

Mais, monsieur...

HECTOR.

Oui, monsieur, sortez...

ÉLÉONORE, à part.

J'ai réussi... Je le repince...

Elle prend Eusèbe par le bras, et sort avec lui, par la droite. — Chamerol, Jurançon et Hector, font groupe devant la porte du fond qui est ouverte.

MADAME PAPILLON, prenant Rifolet par le bras, et à voix basse.

Ils sont en scène, un peu à droite.

Mais défends-le donc, notre enfant !...

RIFOLET, très étonné.

Notre enfant?... Comment, vous?... vous seriez?...

MADAME PAPILLON, bas.

Chut !... Josépha !... la reine de Bullier !...

Rideau.

ACTE TROISIÈME

Le salon d'un appartement meublé. — Porte au fond ; — portes à droite et à gauche, dans les pans coupés ; — à droite, deuxième plan, une porte , — au premier plan, une fenêtre. — A gauche, porte au deuxième plan. — En scène, à gauche, une table, sur laquelle est un cornet à pistons. — A u fond, de chaque côté de la porte, deux paysages ; mobilier ordinaire.

———

SCÈNE PREMIÈRE

EUSÈBE, puis BRIQUET.

EUSÈBE, à une table, écrivant.

« Ne croyez pas Eléonore. Je suis innocent comme » le bébé qu'elle m'attribue... D'ailleurs, si vous me » refusez votre fille, je l'enlève... » (Pliant sa lettre.) Là... voilà mon ultimatum!... (On frappe à la porte.) Tiens !... qu'est-ce qui vient par l'escalier de service ?... Entrez...

BRIQUET, entrant par la porte du pan coupé de gauche.

Monsieur Eusèbe ?...

EUSÈBE. *

C'est ici...

* Rifolet, Briquet.

BRIQUET.

Je viens de la part de M. Rifolet, mon maître...

EUSÈBE.

Ah ! vous êtes le domestique à papa !...

BRIQUET.

Oui, monsieur... monsieur votre père vous prie de l'attendre.

EUSÈBE.

Tiens !... Moi qui allais porter cette lettre !

BRIQUET.

Si monsieur désire ?...

EUSÈBE.

Non ! C'est une dépêche diplomatique ! Vous allez rester ici ; vous attendrez papa et vous lui direz que je reviens... En attendant, puisque vous êtes le domestique de la famille, ne vous gênez pas... brossez... mettez en ordre... allez ranger dans ma chambre.

Il sort par le pan coupé de gauche.

SCÈNE II

BRIQUET, seul.

Brosser !... Plus souvent !... D'ailleurs, je manquerais de conviction !... J'ai toujours peur de voir apparaître mes cuisinières, Joséphine et Rosalie... Il y a une heure, elles m'ont pincé au Parc Monceau !... J'ai vu le moment où elles allaient me camper leurs poupons sur les bras... Elles disent que c'est moi, leur père... Ça, c'est louche... parce que je connais des camarades au régiment qui... suffit !... Ah ! ce n'est pas comme Geneviève... Impossible de la soupçonner celle-là !... Ah ! si je pouvais la retrouver !... Heureusement les autres auront perdu ma piste !...

SCÈNE III

BRIQUET, puis RIFOLET.

RIFOLET, entrant par le fond. *

Ah! te voilà Briquet!... Tu as prévenu mon fils?

BRIQUET.

Oui, monsieur! Il vient de sortir!

RIFOLET.

Hein?... Comment?

BRIQUET.

Monsieur a dû le rencontrer!... Il est à peine dans la rue; je vais l'appeler!.... (Soulevant le rideau et regardant par la fenêtre.) Oh!

RIFOLET.

Qu'y a-t-il?

BRIQUET, embarrassé.

Rien, monsieur... rien!... (A part.) Mes cuisinières!... Elles m'ont vu... Impossible de sortir!...

RIFOLET.

Allons!... Va-t'en!

BRIQUET, à part.

Merci!... (Haut.) Pardon, monsieur!... M. Eusèbe m'a dit de brosser, de mettre en ordre!... Je vais faire sa chambre...

RIFOLET.

Va!...

BRIQUET.

(A part.) Je m'esquiverai à la première occasion.

Il entre à droite.

* Rifolet Briquet.

SCÈNE IV

RIFOLET, puis MADAME PAPILLON.

RIFOLET.

Je n'ai pas fermé l'œil de la nuit !... Cette idée d'être père !... Enfin, ce matin je sommeillais, lorsque mon fils est venu carillonner chez moi à six heures !... Quel réveil ! Restez donc garçon !... Arrangez-vous donc une petite existence sans nuages... à l'abri des tempêtes d'une épouse légitime, et des criailleries de marmots... Tout à coup il vous tombe sur les bras un grand dadais qui vous appelle : Papa ! Et, j'ai fondé une agence... et j'ai couru tout Paris, fouillé tous les quartiers, pour arriver à quoi ?... à me trouver un fils...

MADAME PAPILLON, entrant avec deux tableaux sous le bras, d'un ton gai.

Monsieur Eusèbe Rifolet ?

RIFOLET.

Josépha !... Déjà ici, vous ?

MADAME PAPILLON.

Je n'ai pas fermé l'œil de la nuit... Je sautais de joie dans mon lit... M. Papillon m'a crue malade !

RIFOLET.

Pauvre Papillon... (A part.) Le père frelon !

MADAME PAPILLON.

Mais vous êtes content aussi n'est-ce pas ? Il vous tarde de l'embrasser, notre fils !

RIFOLET.

Non... oui... c'est-à-dire. Vous aviez bien besoin de faire cette révélation !...

MADAME PAPILLON.

Je n'y ai pas tenu... Le cri du cœur!...

RIFOLET.

Eh! vous auriez mieux fait de vous taire...

MADAME PAPILLON.

Me taire?... Ah! mais non... Je suis fière de mon fils et je lui apporte...

RIFOLET.

Quoi donc?

MADAME PAPILLON, faisant voir un portrait qui représente une femme dansant et levant la jambe.

Mon portrait... le portrait de sa mère...

RIFOLET

Avec une jambe en l'air!... (Ironique.) Ça le flattera!...

MADAME PAPILLON, montrant un autre tableau représentant un étudiant, fumant une grosse pipe.

Je lui apporte aussi le vôtre... en étudiant, fumant une pipe turque...

RIFOLET.

Comment, vous aviez gardé mon portrait?

MADAME PAPILLON.

Il était accroché dans mon alcôve... à côté de ma fleur d'oranger...

RIFOLET.

Exposition des arts incohérents!...

MADAME PAPILLON.

J'ai dit à mon mari que c'était le portrait de Jean Bart... en bourgeois!..

RIFOLET, furieux.

Et vous voulez accrocher ça ici?

MADAME PAPILLON.

Dans son salon... La galerie des ancêtres!

RIFOLET.

Ah! mais non!... Je ne veux pas... (A part.) Afficher ma paternité à côté d'une ex-cascadeuse...

MADAME PAPILLON.

Ça fera bien... ces deux portraits!... Les deux pendants!...

RIFOLLT, à part.

Comment l'empêcher?... (Haut.) Mais si M. Papillon apprenait que sa femme...

MADAME PAPILLON, reprenant les tableaux.

Vous avez raison!... J'oublie toujours que je ne dois être qu'une mère masquée!

RIFOLET.

On vient... N'allez pas vous trahir... et cachez ça...

MADAME PAPILLON, les tableaux sous les bras.

C'est lui!... du courage... Mettons mon masque!...

SCÈNE V

LES MÊMES, EUSÈBE.

EUSÈBE, entrant par le pan coupé de gauche.

Bonjour, papa!

Il lui tend la mur

RIFOLET, la prenant machinalement.

Bonjour!

MADAME PAPILLON, à part.

Qu'il est beau, mon garçon!...

* Eusèbe, Rifolet, madame Papillon.

EUSÈBE.

Je vous demande pardon de vous avoir fait attendre : — une petite course à faire...

RIFOLET.

Les affaires avant tout !...

EUSÈBE.

Oui, les affaires, (A part.) de cœur !

MADAME PAPILLON, bas, à Rifolet.

Embrassez-le donc !

RIFOLET, bas.

Plus tard.

EUSÈBE, voyant madame Papillon.

Qu'est-ce donc?

MADAME PAPILLON, à part.

De la tenue !...

EUSÈBE.

Madame est une marchande de bric-à-brac?

RIFOLET, à part.

Attrape !

MADAME PAPILLON, à part.

Oh! s'il savait !... (Haut.) Monsieur ne me reconnaît
donc pas?

RIFOLET.

Madame Papillon... la concierge!...

EUSÈBE.

Ah! oui... la concierge de M. Jurançon...

MADAME PAPILLON.

Oh! c'est la première fois que je me plains de cette
position subalterne...

EUSÈBE, étonné.

Pourquoi donc?

MADAME PAPILLON, passant au n° 2.

Je voudrais être reine!... parce qu'alors...

RIFOLET, toussant.

Hum! hum! (A part.) Elle va se trahir!

EUSÈBE, étonné.

Qu'est-ce qu'elle chante?... Mais tout ça ne me dit
pas pourquoi vous êtes ici?...

RIFOLET, à part.

Que va-t-elle dire?...

MADAME PAPILLON.

J'étais venue vous offrir mes services...

EUSÈBE.

Je n'ai pas besoin de concierge...

MADAME PAPILLON.

Non! mais dans un ménage de garçon, il faut l'œil
et la main d'une femme.

EUSÈBE, à part.

D'une jeune femme!

MADAME PAPILLON.

Je remplacerai votre mère... Josépha!

RIFOLET, à part.

Elle est intrigante...

MADAME PAPILLON.

Je vais ranger votre chambre... Par là?... n'est-ce
pas?

EUSÈBE.

Oui, mais c'est inutile...

RIFOLET.

Il y a déjà mon domestique!

MADAME PAPILLON.

J'y vais tout de même.

Elle sort à droite.

RIFOLET.

Voilà un ménage qui sera bien fait !

EUSÈBE *.

Mon cher papa!... que je vous remercie d'abord de m'avoir installé dans cet appartement.

RIFOLET.

Il n'y a pas de quoi !...

EUSÈBE.

Comment? mais ça doit vous coûter gros ici ?...

RIFOLET.

J'avais loué pour le compte de Chamerol quand tu étais son fils...

EUSÈBE.

Ah!... (A part.) Il est rat, papa, c'est égal, câlinons-le et parlons-lui de mon mariage... (Haut.) Asseyez-vous donc, papa... Voulez-vous prendre un bock ?...

RIFOLET, s'asseyant près de la table.

Merci !...

EUSÈBE.

Alors, vous fumerez une pipe?... je vais vous chercher la mienne !...

RIFOLET.

Merci... je ne fume pas... (A part.) Il m'agace. (Haut.) Établissons tout de suite notre petit programme de famille. D'abord on ne réveille pas son père à six heures du matin.

---

* Eusèbe, Rifolet.

EUSÈBE, assis de l'autre côté de la table.

Il me tardait tellement de vous voir, papa...

RIFOLET.

Je suis ton père... c'est vrai !

EUSÈBE.

Oui,... vous avez des devoirs envers moi...

RIFOLET.

J'ai surtout des droits... Ne va pas te figurer qu'un père est un caissier... C'est un chef auquel il faut obéir.

EUSÈBE, à part.

Obéir... C'est pas drôle!... (Haut.) Et après?...

RIFOLET.

Après?... J'ai songé à ton avenir.

EUSÈBE.

Ah! quel bon père!...

RIFOLET.

Je te placerai à l'agence comme expéditionnaire!... 600 francs par an... et... chauffé!...

EUSÈBE, se levant et passant au n° 2.

Ah! non! pardon!... Déserter l'art... jamais!...

RIFOLET, désignant le cornet à pistons.

L'art!... Ta trompette de tramway?...

EUSÈBE, à part.

Il débine mon instrument? (Haut.) Vous oubliez, papa, que je veux me marier!...

RIFOLET.

Avec mademoiselle Jurançon!...

EUSÈBE.

Oui... papa... Et si vous étiez bien gentil... vous iriez tout de suite faire la demande...

6

RIFOLET.

Allons donc!...

MADAME PAPILLON, qui est entrée et a entendu.

Mais, oui... Il faut le marier votre fils!...

RIFOLET.

Après l'incident d'Eléonore!

EUSÈBE.

Je me blanchirai, papa.

RIFOLET.

Eh! qu'importe!... Jurançon ne consentira jamais à donner sa fille à un virtuose de café-concert...

EUSÈBE.

Mais le virtuose est votre fils...

MADAME PAPILLON.

Et s'il a une bonne dot!...

EUSÈBE.

Tiens, c'est une idée ça...

RIFOLET.

Comment, une dot?...

MADAME PAPILLON.

Oui... 50... 60... 100,000 francs!...

RIFOLET.

100,000 francs!... Vous croyez que je donnerai cent mille francs...

EUSÈBE, bas, à madame Papillon.

C'est trop!...

MADAME PAPILLON, à Rifolet.

Il le faut... vous êtes riche... vous êtes directeur de l'Agence de la Paternité...

RIFOLET.

Eh bien?...

MADAME PAPILLON.

Ce serait du propre, si celui qui trouve des pères ne savait pas être père à son tour...

EUSÈBE.

Elle a raison, la concierge...

MADAME PAPILLON.

Ce serait la ruine de l'Agence...

RIFOLET.

La ruine de l'Agence! (A part.) C'est que c'est vrai!...

MADAME PAPILLON.

Allez vite chez M. Jurançon...

EUSÈBE.

Oui, papa. C'est pressé, je sèche...

RIFOLET, à part.

Gagnons du temps!... (Haut.) Je vais lui écrire...

EUSÈBE.

Oh! papa!...

RIFOLET, fâché.

Qu'est-ce que c'est? Je sais ce que j'ai à faire, entends-tu?... Et pas de réflexion... Je suis ton père, tu sais... ton père!...

Il entre à gauche première porte.

MADAME PAPILLON.

Eh! bien! moi, j'irai chez M. Jurançon.

EUSÈBE.

Vous?...

MADAME PAPILLON.

Justement sa fille est chez une de ses tantes...

EUSÈBE.

Eh bien ?

MADAME PAPILLON.

Eh bien! eh bien! je ferai croire à M. Jurançon que... Enfin, je m'entends. J'ai un moyen de le faire venir ici.

EUSÈBE.

Ah! madame!... (Se fouillant.) Je voudrais vous couvrir d'or.

MADAME PAPILLON.

Ah! ce n'est pas de l'or que je veux.

EUSÈBE, à part.

Ça se trouve bien!

MADAME PAPILLON, lui tendant la main qu'il prend.

Je suis payée, va. Tu peux être tranquille!... Je suis payée.

Elle sort par l'escalier de service, pan coupé de gauche.

EUSÈBE.

Elle me tutoie! Oh! aujourd'hui, les concierges sont d'une familiarité! (Bruit de vaisselle cassée à droite.) Bon! le domestique de papa qui fait de la casse...

Il entre à droite. — Au même moment, Éléonore parait au fond.

SCÈNE VI

ÉLÉONORE, puis EUSÈBE, RIFOLET.

ÉLÉONORE, entrant discrètement.

On m'a dit au troisième! (Désignant le cornet à pistons qui est sur la table de gauche.) C'est bien ici. Il s'agit de signer la réconciliation... Moi, ça ira tout seul... mais, lui il

doit en vouloir à sa Nonor, mon petit Zézèbe! Hier,
après la petite scène chez les Jurançon, nous sommes
sortis ensemble. Dans la rue, il me fait monter dans
une voiture, puis il referme vivement la portière sur
moi, en criant au cocher : au galop, à Montrouge. Les
chevaux partent, j'ai beau crier; le cocher me dépose
aux Invalides, et je reviens à pied, rue Saint-Augustin. Ah! j'en ai fait des réflexions!... Bah! essayons
de l'attendrir. Comment?... Oh! ce cornet! il m'a appris le peu que je sais. Il ne résistera pas à son air
favori!

> Elle prend le piston et joue un air d'abord tendre, puis personne ne
> venant, quelques mesures très vives.

RIFOLET, entrant du côté droit.

Mon piston qui joue tout seul! (A part.) Ah! Éléonore!

RIFOLET, entrant de l'autre côté, à Eusèbe.

Ah çà! vas-tu finir avec ta trompette! (Apercevant Éléonore.) Une dame!

ÉLÉONORE *.

Son élève, monsieur, je suis son élève!...

RIFOLET.

La pianiste!...

EUSÈBE, à Éléonore.

Vous... encore vous?... Vous avez le toupet!

RIFOLET.

Eusèbe, pas d'esclandre!

EUSÈBE.

Comment?... quand elle a essayé de rompre mon
mariage!...

ÉLÉONORE.

Eh bien! oui... là!... Ç'a été plus fort que moi; ça
m'a chiffonnée de te voir roucouler auprès d'une autre.

Rifolet, Éléonore, Eusèbe.

6.

RIFOLET.

Dame! si elle t'aime!...

ÉLÉONORE.

Vous me comprenez, vous.

EUSÈBE.

Ne l'écoutez pas...

RIFOLET.

Laisse-la parler.

ÉLÉONORE.

Il veut se marier... lui, le père de mon fils!

EUSÈBE.

C'est faux!

RIFOLET, avec indignation. Il passe au n° 2.

Un fils! ça change la situation.

EUSÈBE.

Permettez!...

ÉLÉONORE.

Il a raison, papa Rifolet.

RIFOLET.

Un père se doit à son enfant.

EUSÈBE.

Mais non...

RIFOLET.

Le devoir avant tout... Ce n'est pas agréable! mais est-ce que tu crois que ça m'amuse, moi?

EUSÈBE.

Mais encore faudrait-il que l'on prouve...

ÉLÉONORE.

Des preuves?... j'en ai... Nous irons à la septième chambre.

RIFOLET.

Elle a raison, la musicienne, tu es un ingrat... Tu veux bien que je sois ton père et tu ne veux pas être le père de ton fils...

ÉUSÈBE.

Mais... ce n'est pas la même chose...

ÉLÉONORE.

Mais si, mais si! (Allant serrer la main à Rifolet.) Bravo! l'agence!...

EUSÈBE, allant poser le piston.

C'est à en perdre la tête!...

RIFOLET, à Éléonore.

Allez chercher votre fils...

ÉLÉONORE, troublée.

Mon fils?... c'est que...

RIFOLET.

C'est que, quoi?... En avez-vous un, oui ou non?...

ÉLÉONORE.

Oui, oui, certainement! (A part.) Bast! j'en trouverai un quelque part.

RIFOLET.

Et vous l'apporterez ici.

ÉLÉONORE.

C'est entendu!

EUSÈBE.

Mais non, je ne veux pas...

RIFOLET.

J'y suis bien, moi. D'ailleurs, le rameau doit être près de la souche.

EUSÈBE.

Moi, une souche? je proteste...

RIFOLET.

Allez! c'est le seul moyen de rompre ce mariage (A part.) et d'éviter la dot!

ÉLÉONORE.

Je vole alors. A bientôt, grand-papa Rifolet! au revoir, papa Eusèbe! (En sortant et à part.) Je cours au bureau des nourrices.

SCÈNE VII

RIFOLET, EUSÈBE, puis MADAME PAPILLON.

EUSÈBE, à part.

Oh! mais c'est ennuyeux d'avoir un père! (Haut.) Ah ça! mais, vous croyez que ça va se passer ainsi?

RIFOLET.

Tu dois subir la loi, comme les autres...

EUSÈBE.

Et c'est vous, vous qui êtes cause?... Mais c'est idiot.

RIFOLET, avec force.

Eusèbe!

EUSÈBE.

Mais vous êtes un père impossible... Vous avez cassé mon mariage.

RIFOLET.

Une belle affaire, ton mariage! M. Jurançon, un vieux farceur qui se croyait né pour la diplomatie.

EUSÈBE.

Il ne s'agit pas de M. Jurançon!

RIFOLET, ricanant.

Sa fille! une poupée pas mal articulée, si tu veux, mais pas pour dix centimes de distinction.

EUSÈBE, très monté.

Mademoiselle Henriette! une poupée!... Vous allez vous taire, n'est-ce pas?

RIFOLET.

Tu m'imposes silence! ah! mais! et la puissance paternelle?...

EUSÈBE.

Je m'en moque.

RIFOLET, criant.

Eusèbe!

MADAME PAPILLON, entrant du fond, à droite.

Ils se disputent!... (Vient vivement s'interposer.) Du grabuge dans la famille!...

EUSÈBE, à part.

Bon!... A l'autre à présent!...

MADAME PAPILLON, à Rifolet.

Comment?... Vous êtes son père depuis vingt-quatre heures et vous l'asticotez déjà?

RIFOLET, la repoussant.

Oui, je veux qu'il m'obéisse...

MADAME PAPILLON, avec autorité.

Moi... je le lui défends...

EUSÈBE, à part.

Qu'est-ce qu'elle dit?

RIFOLET.

Je suis son père!...

MADAME PAPILLON, s'oubliant.

Et moi... je suis sa mère...

EUSÈBE.

Ma m... la concierge !...

RIFOLET, à madame Papillon.

J'étais sûr que tu te trahirais...

EUSÈBE, à lui-même.

En voilà une famille !

Madame Papillon se jette sur lui très émue et le baise au front.

MADAME PAPILLON.

Oh ! mon fils !...

EUSÈBE.

Hein ?... Qu'est-ce que c'est ?

MADAME PAPILLON, avec amour.

Ce sera le dernier...

EUSÈBE, hors de lui.

Eh ! allez au diable tous les deux !...

RIFOLET et MADAME PAPILLON, piteusement.

Comment ?... Il nous envoie...

EUSÈBE.

Je cours chez Eléonore, je veux l'empêcher d'envoyer le bébé !...

RIFOLET.

Eusèbe !...

MADAME PAPILLON, cherchant à le retenir.

Mon fils...

EUSÈBE, se dégageant et sortant vivement.

Au diable la famille !

Il sort par le fond.

SCÈNE VIII

RIFOLET, MADAME PAPILLON, puis BRIQUET.

MADAME PAPILLON, étonnée.

Le bébé, a-t-il dit?... quel bébé?

RIFOLET, allant s'asseoir *.

Eh! parbleu! son fils à lui!

MADAME PAPILLON, avec joie.

Nous aurions un petit-fils!...

RIFOLET.

Encore une rallonge à la famille! (Avec tristesse.) Me voilà grand-père!...

MADAME PAPILLON, avec bonheur.

Et moi, grand' maman!...

RIFOLET.

On va l'envoyer...

MADAME PAPILLON.

Le bébé... ici... Ah! quel bonheur!

RIFOLET.

Tu trouves ça drôle, toi?

MADAME PAPILLON.

Comment, tu te plains? La voix du sang ne te crie donc rien du tout?...

RIFOLET.

J'ai beau écouter, je n'entends absolument rien.

* Rifolet, madame Papillon.

MADAME PAPILLON.

Rifolet, nous avons un fils... Il faut le reconnaître.

RIFOLET.

Comment?...

MADAME PAPILLON.

Le reconnaître et le légitimer!...

RIFOLET, se levant.

Tu dis?... (A part.) Elle est folle... (Haut.) Eh bien?...
Et M. Papillon?...

MADAME PAPILLON.

M. Papillon?... Un fruit sec de l'hyménée, je m'en
débarrasserai.

RIFOLET.

Un crime?...

Il retombe assis à gauche.

MADAME PAPILLON passant au numéro 1 de l'autre côté de la table.

Non... le divorce... Je divorcerai pour mon fils...

RIFOLET.

Ah! mais non!... D'ailleurs tu n'as pas de motifs
pour quitter M. Papillon...

MADAME PAPILLON.

J'en aurai...

RIFOLET.

Comment?

MADAME PAPILLON.

Je le tromperai, s'il le faut... Rien ne coûtera à une
mère...

RIFOLET.

Ce n'est pas sérieux... (A part, avec inquiétude.) Où veut-
elle en venir?

MADAME PAPILLON, passant au numéro 2.

Rifolet... la maternité me grise... Enfin... puisqu'il
le faut,... du courage !... Nous tromperons Papillon !

RIFOLET.

Pardon !

MADAME PAPILLON.

Nous nous ferons surprendre...

RIFOLET.

Mais...

MADAME PAPILLON.

On prononcera mon divorce,.. et je t'épouserai.

RIFOLET.

Moi !... Pardon... on ne peut pas épouser son com-
plice.

MADAME PAPILLON.

Ah ! diable !... Eh bien ! alors, puisque j'y suis forcée,
je le tromperai avec un autre...

RIFOLET, à part.

J'aime mieux ça...

MADAME PAPILLON.

Et je t'épouserai après...

RIFOLET.

Hein... Comment... un ricochet ?

MADAME PAPILLON.

Rien ne me coûtera pour légitimer mon fils ! Dans
mes bras, dans mes bras, le père de mon enfant...

Elle cherche à l'embrasser, Rifolet recule.

BRIQUET, ouvrant vivement la porte du fond et à part.

Ouf !... elles sont sur mes talons...

RIFOLET.

Quelqu'un !... je suis sauvé...

Il disparaît à gauche.

7

MADAME PAPILLON.

Qu'est-ce donc?... que voulez-vous?

BRIQUET.

Rien... madame... j'ai oublié dans la chambre de M. Eusèbe...

MADAME PAPILLON.

Ce n'est pas une raison pour entrer comme un ouragan.

BRIQUET, en sortant, au public.

Joséphine et Rosalie!... Elles montent... dissimulons-nous dans la cuisine.

Il entre à droite, pan coupé.

SCÈNE IX

MADAME PAPILLON, JOSÉPHINE.

MADAME PAPILLON.

Un enfant!... il a un enfant!... Eusèbe... mon fils!

JOSÉPHINE, entrant doucement par le fond, un enfant sur les bras et à part.

C'est ici qu'il est entré... Ma foi!... tant pis!... je me risque... Faut qu'il m'épouse...

MADAME PAPILLON, l'apercevant.

Hein!... quelqu'un!...

JOSÉPHINE.

Oh! (A part.) La cuisinière, sans doute...

MADAME PAPILLON.

Qu'est-ce que c'est?...

JOSÉPHINE.

C'est moi et le mioche!

MADAME PAPILLON.

L'enfant?... ah! oui... je sais...

JOSÉPHINE.

Il vous a parlé?...

MADAME PAPILLON.

Il m'a tout dit...

JOSÉPHINE.

Alors, vous vous chargez de lui remettre?...

MADAME PAPILLON, prenant l'enfant.

Avec plaisir...

JOSÉPHINE.

Tenez... prenez le biberon... Je vous le recommande ben.

MADAME PAPILLON.

Soyez tranquille!...

JOSÉPHINE, à part.

D'ailleurs... Je ne m'éloigne pas...

Elle sort.

MADAME PAPILLON.

Comment?... Elle s'en va... Je vais le montrer à son grand-père... (Appelant.) Rifolet!... ou plutôt non, il dort, le chérubin; allons le déposer sur le lit de son père...

Elle sort par la droite, au même instant Rifolet entre par la gauche.

SCÈNE X

RIFOLET, puis ROSALIE.

RIFOLET.

Qui m'appelle? Eh bien!... où est donc Josépha?... Est-ce que mademoiselle Eléonore... ne voudrait pas apporter...

ROSALIE, entrant par le fond avec un enfant.

Tant pis! je me risque... il faut qu'il m'épouse.

RIFOLET.

Hein!... une bonne?...

ROSALIE.

Oh! (A part.) Son maître sans doute...

RIFOLET.

L'enfant!... Elle apporte l'enfant...

ROSALIE.

Comment... vous savez?...

RIFOLET.

Parfaitement... J'étais prévenu ..

ROSALIE.

Et vous voulez bien, n'est-ce pas, monsieur, que je lui apporte...

RIFOLET.

Comment?... Mais donnez... donnez donc!...

ROSALIE.

A vous, monsieur... J'ose pas...

RIFOLET, prenant le bébé.

Mais si, puisque c'est convenu...

ROSALIE.

Ah! le bon bourgeois!... Alors, voilà le biberon et ayez bien soin du bébé...

RIFOLET.

Vous pouvez être tranquille, je le dorloterai.

ROSALIE, à part.

C'est égal!... je ne m'éloigne pas!...

Elle sort par le fond.

RIFOLET.

Que vais-je faire de ce mioche?... Si j'appelais Josépha... non... Il dort... ça le réveillerait... allons le coucher.

Il sort à gauche.

SCÈNE XI

EUSÈBE, puis MADAME PAPILLON, RIFOLET,
puis BRIQUET.

EUSÈBE, entrant par le fond au moment où Rifolet disparaît à gauche.

Eléonore n'était pas chez elle... où la trouver à présent? (Se ravisant.) Mais, je suis bien simple,... elle n'a pas reparu : c'est qu'elle n'a pas de mioche!... Une invention, le mioche,... pour m'empêcher de me marier... Je suis tranquille à présent.

MADAME PAPILLON, sortant de la droite et allant à lui en même temps que Rifolet qui sort de la porte de gauche.

Ah! Eusèbe *!

RIFOLET.

Mon fils!

EUSÈBE, à part.

Ah! les grands parents...

RIFOLET.

Tu sais la nouvelle... on l'a apporté!

EUSÈBE.

Comment?

MADAME PAPILLON.

Oui, monsieur, votre bébé est là.

* Rifolet, Eusèbe, madame Papillon.

EUSÈBE.

Là?... Eléonore a apporté un enfant?...

RIFOLET.

Il est très gentil !...

MADAME PAPILLON.

Adorable !

EUSÈBE, toujours à son idée.

C'est impossible !

RIFOLET.

Mais si... mais si... c'est un beau brun...

MADAME PAPILLON.

Dites, une jolie blonde !

RIFOLET.

Blonde?... c'est un garçon...

MADAME PAPILLON.

Allons donc... c'est une fille !...

EUSÈBE.

Et que m'importe son sexe?... fille ou garçon... Je veux qu'il s'en aille...

RIFOLET.

Renvoyer mon petit fils !...

MADAME PAPILLON.

Chasser votre fils... Pourquoi?

EUSÈBE.

Pourquoi?... Parce qu'Eléonore ne veut pas que je me marie, et qu'elle a imaginé de me mettre sur le dos, le premier enfant anonyme qu'elle s'est procurée...

RIFOLET.

Elle se serait moquée de moi...

MADAME PAPILLON.

Elle aurait jonglé avec le cœur d'une grand'mère.
Je vais le lui rapporter...

JURANÇON, dans la coulisse.

Où est-il le gredin?

RIFOLET.

Jurançon!...

EUSÈBE.

Lui!... Comment se fait-il?...

MADAME PAPILLON.

Je lui ai fait croire que vous aviez enlevé sa fille...

EUSÈBE.

Qu'il ne voie pas le bébé, surtout,... ce serait fait de
mon mariage...

RIFOLET.

Sois tranquille...

MADAME PAPILLON.

On veillera au grain...

Ils disparaissent tous les deux, madame Papillon à droite, Rifolet à
gauche.

SCÈNE XII

EUSÈBE, JURANÇON, puis RIFOLET,
puis MADAME PAPILLON.

JURANÇON, entrant.

Monsieur, votre conduite n'a pas de nom!

EUSÈBE.

Permettez...

JURANÇON.

Ma fille!... Rendez-moi ma fille!...

EUSÈBE.

Madame Papillon vous a trompé...

JURANÇON.

Allons donc!... ma fille est ici... Je fouillerai partout.

Il va vers la gauche.

EUSÈBE.

N'entrez pas...

JURANÇON.

J'en étais sûr... Elle est là... (Ouvrant la porte de gauche.)
Sortez mademoiselle... Je sais tout...

RIFOLET, paraissant avec l'enfant.

Voilà... oh! Jurançon!

Il rentre vivement.

JURANÇON.

Un enfant!...

EUSÈBE, à part.

Patatras!...

JURANÇON.

Le voilà donc, monsieur, cet enfant, ce fils de mademoiselle Eléonore que vous reniez.

EUSÈBE.

Monsieur Jurançon, je vous jure.

JURANÇON.

C'est bon... Ma fille, d'abord?... (Allant à la porte de droite.)
Sortez, vous dis-je!...

MADAME PAPILLON, paraissant avec le deuxième enfant.

Me voici... Oh! monsieur Jurançon!...

Elle rentre précipitamment.

JURANÇON.

Deux enfants!...

EUSÈBE.

Encore un!...

RIFOLET, qui a reparu et vient au numéro 3.

C'étaient donc des jumeaux?...

EUSÈBE.

Monsieur Jurançon, écoutez-moi!...

JURARÇON.

Plus tard, monsieur, ma fille avant tout... Vous l'avez enlevée?...

MADAME PAPILLON, qui est rentrée.

Mais non, monsieur. C'était une frime pour vous faire venir...

JURANÇON.

Eh bien!... je ne suis pas fâché d'être venu... Deux deux enfants!...

MADAME PAPILLON.

C'était donc la paire!... *

SCÈNE XIII

LES MÊMES, ÉLÉONORE, LA NOURRICE, puis JOSÉPHINE, ROSALIE, puis BRIQUET.

ÉLÉONORE.

Entrez, entrez, nourrice...

JURANÇON, RIFOLET, MADAME PAPILLON.

Un troisième bébé!...

EUSÈBE **.

Trois enfants!...

* Jurançon, Eusèbe, Rifolet, madame Papillon.
** Jurançon, Eusèbe, Éléonore, la nourrice, madame Papillon.

ÉLÉONORE.

Comment! trois?...

RIFOLET.

C'est une table de multiplication...

MADAME PAPILLON.

C'est une cabane à lapins...

JURANÇON.

Trois enfants!... Ah ça! vous n'aviez donc rien à
faire de vos soirées?...

ÉLÉONORE.

Il y avait de la concurrence?...

EUSÈBE.

Ah! vous... vous allez m'expliquer cette plaisanterie,
je suppose...

RIFOLET.

Vous avez donc dévalisé un bureau de nourrices?...

MADAME PAPILLON.

C'est à vous ce brelan de mioches?...

ÉLÉONORE.

Mais non... voilà mon fils... Un seul... et c'est assez!...

EUSÈBE.

Mais les deux autres?...

JURANÇON.

Les numéros 2 et 3?

RIFOLET.

A qui les mioches?...

JOSÉPHINE et ROSALIE, paraissant au fond, sans descendre beaucoup.

A lui!...à Joseph!...

TOUS.

Joseph !...

JOSÉPHINE et ROSALIE.

Oui, oui, à Joseph !...

RIFOLET.

Joseph ! mon domestique !... (A Joséphine et à Rosalie.) Reprenez d'abord vos marmots. (Joséphine et Rosalie entrent l'une à droite, l'autre à gauche . — Rifolet appelant.) Briquet !...

Il remonte à droite.

EUSÈBE, à Éléonore.

Vous persistez à soutenir ?...

RIFOLET, amenant Briquet par le bras.

Arrive ici, scélérat !...

BRIQUET.

Que monsieur me pardonne...

LA NOURRICE, regardant Briquet.

Oh !

BRIQUET, la reconnaissant.

Geneviève !...

LA NOURRICE, s'oubliant.

Mais c'est lui... c'est le père...

RIFOLET, achevant la phrase et affirmant.

C'est le père de votre enfant !...

ÉLÉONORE, à part.

Maladroite !... elle s'est trahie !...

RIFOLET.

Eh ! allons donc ! tout s'éclaircit !... Quant à toi, Briquet !...

BRIQUET.

Oh ! celle-là, monsieur, je l'épouse !

ÉLÉONORE, à part.

Je suis roulée !...

EUSÈBE.

Innocent! je suis innocent! (A Rifolet.) Faites la demande, papa...

RIFOLET.

Mon cher Jurançon...

SCÈNE XIV

LES MÊMES, CHAMEROL et HECTOR.

CHAMEROL, entrant par le fond suivie d'Hector.

Arrêtez !

TOUS.

Quoi donc?

CHAMEROL.

M. Eusèbe n'est pas le fils de Rifolet.

EUSÈBE.

Comment ?

JURANÇON.

Encore un nouveau père?...

CHAMEROL.

Oui, François...

TOUS.

François?...

RIFOLET.

L'ex-garçon de cabinet?

CHAMEROL.

Et la mère, une demoiselle de comptoir...

EUSÈBE.

C'est impossible!... Les preuves?... Les preuves?...

CHAMEROL, montrant un volume.

Chapitre 33... des Mémoires... C'est très intéressant et très clair surtout.

RIFOLET.

Je suis débarrassé de mon fils!... (A madame Papillon.) Embrasse-moi alors...

MADAME PAPILLON, à part.

C'est dommage!... la maternité m'allait si bien!...

JURANÇON, à Chamerol et à Hector.

Messieurs, je vous rends ma parole.

EUSÈBE.

Le descendant d'un tablier!... qui donc voudra m'épouser à présent?...

ÉLÉONORE.

Moi!... Je ne tiens pas à la naissance... Voici ma main...

EUSÈBE.

T'épouser!... moi!... Encore... si c'était vrai l'enfant!

ÉLÉONORE, bas.

Ce sera vrai quand tu voudras...

EUSÈBE.

Au fait!... C'est une artiste!... C'est égal... si l'on pouvait se passer de papa...

RIFOLET.

Difficile, ça!... Comme dit Bridoison, on est toujours le fils de quelqu'un.

FIN

Imprimerie Générale de Châtillon-sur-Seine. — A. Pichat.

DERNIÈRES PIÈCES PUBLIÉES

	fr.	c.
Tabarin, o. 2 a.	1	»
Les petites Godin, c. 3 a.	2	»
Le Grand Mogol, opéra-bouffe, 4 a.	1	»
Le Chevalier Mignon, o. c. 3 a.	2	»
Babolin, o. c. 3 a.	2	»
Carnot, d. 5 a.	2	»
Ki-ki-ri-ki, japoniaise-rie, 1 a.	1	»
Un mariage à la course, c. 3 a.	2	»
Jemmapes, d. 4 a.	2	»
Au bord du fossé, c. 1 a.	1	»
Un nuage dans un ciel bleu, c. v. 1 a.	1	50
La Pâquerette, c. 1 a. en v.	1	50
Pedro de Zalaméa, o. 4 a.	1	»
Fanfreluche, o. c. 3 a.	2	»
Maître et valets, c. 1 a. en v.	1	»
Placet au roi, c. 1 a. en v.	1	50
Mam'zelle Réséda, opérette, 1 a.	1	50
On demande un quatorzième, v. 1 a.	1	50
L'ami d'Oscar, o. c. 1 a.	1	50
Gillette de Narbonne, o. c. 3 a.	2	»
Fanfan-la-Tulipe, o. c. 3 a.	2	»
Le cœur et la main, o. c. 3 a.	2	»
Il ne faut pas dire : fontaine... pièce 1 a.	1	»
L'amoureux dépit, opérette, 1 a.	1	»
Lorelley, lég. symph. en 3 parties	1	»
Les papillotes, c. 1 a. en vers.	1	50
Les deux patries, d. 5 a.	1	»
L'oiseau de proie, d. 5 a.	2	»
Le tribut de Zamora, o. 4 a.	2	»
Racine à Port-Royal, c. 1 a.	1	»
La flamboyante, c. 3 a.	2	»
Manon, o. c. 5 a.	1	»
Corneille et Richelieu, c. 1 a. en vers.	1	»
Diana, d. 5 a.	2	»
La dormeuse éveillée, o. c. 3 a.	2	»
Le roi de carreau, o. c. 3 a.	2	»
La nuit de noces de P. L. M., c. 1 a.	1	»
L'affaire de Viroflay, c. 3 a.	2	»
Les grands enfants, c. 3 a.	2	»
Saute Marquis ! o. c. 1 a.	1	»
Madame est jalouse, c. 1 a.	1	50
Le cousin de Rosette, c. v. 1 a.	1	50
Kléber, d. 5 a.	2	»
L'heure du berger, c. v. 3 a.	2	»
Les honnêtes femmes, c. 1 a.	1	50
Les Corbeaux, c. 4 a. (in-8)	4	»
Amhra ! d. 5 a. en v. (in-8)	4	»
La Navette, c. 1 a.	1	50
Henry VIII, o. 4 a.	1	»
Le droit d'ainesse, o. b. 3 a.	2	»
Le Truc d'Arthur, c. 3 a.	2	»
Coquelicot, o. c. 3 a.	2	»
Galante Aventure, o. c. 3 a.	1	50
Marcel, d. 1 a. en v.	1	»
Suite de valses, c. 1 a.	1	»
Sardanapale, o. 3 a.	1	»
La 3,333e recette, pièce 1 a.	1	50
La faim, d. 1 a.	1	50
Hérodiade, o. 4 a.	1	»
Les Locataires de M. Blondeau, c. 5 a.	2	»
Les Mousquetaires au Couvent, o. c. 3 a.	2	»
La mascotte, o. c. 3 a.	2	»
Le lapin, c. 3 a.	2	»
L'article 7, c. 3 a.	1	»
L'oiseau bleu, o. c. 3 a.	2	»
Sigurd, o. 4 a.	1	»
Madame Boniface, o. c. 3 a.	2	»
La vie facile, c. 3 a.	2	»
Le bel Armand, c. 3 a.	2	»
Le Parisien, c. 3 a.	2	»
Madame Favart, o. c. 3 a.	2	»
Les Boussingueul, v. 3 a.	2	»
Le bouquet de violettes, o. c. 1 a.	1	50
Le huis clos, c. 1 a.	1	50
Les Femmes qui fument, c. 1 a.	1	50
Mathias Corvin, o. c. 1 a.	1	»
Le consolateur, o. c. 1 a.	1	50
Les Parisiens en province, c. 4 a.	2	»
Le Téléphone, v. 1 a.	1	50
Honneur et Patrie, d. 5 a.	2	»
Les pommes d'or, opér. féerie, en 3 a. 12 tab.	2	»
Deux orages !, c. 1 a.	1	»
La princesse des Canaries, o. b. 3 a.	2	»
Le réveil de Vénus, c. 3 a.	2	»
L'irrésistible, c. 1 a.	1	50
La parole de Birbansac, c. 1 a.	1	50
Une aventure de Garrick, c. 1 a. en v.	1	50
Par procuration, c. 1 a.	1	»
L'indiscrète, c. 1 a.	1	50
Mimi-Pinson, v. op. 3 a.	2	»
Trois pierrots, v. 1 a.	1	50
Les fiançailles de M. Tom, c. 1 a.	1	»
La rue Bouleau, c. 3 a.	2	»
L'Amour Médecin, o. c. 3 a.	1	»
Nos députés en robes de chambre, c. 5 a.	2	»
Casse-Museau, d. 5 a.	2	»
La villa Blancmignon, c. 4 a.	2	»
Lequel ? c. 3 a.	1	»

Paris — Imprimerie G. Rougier et Cie, rue Cassette, 1.

www.ingramcontent.com/pod-product-compliance
Lightning Source LLC
Chambersburg PA
CBHW060815250626
47162CB00005B/1808